Petra
do coração de pedra

Anna Claudia Ramos

Petra
do coração de pedra

2ª Edição

GALERA
junior

RIO DE JANEIRO
2020

CIP-BRASIL. CATALOGAÇÃO NA FONTE
SINDICATO NACIONAL DOS EDITORES DE LIVROS, RJ

R151p Ramos, Anna Claudia 1966-
2. ed.   Petra do coração de pedra / Anna Claudia Ramos. – 2. ed. –
Rio de Janeiro: Galera Record, 2020.

ISBN 978-85-01-10239-3

1. Ficção infantojuvenil brasileira. I. Título.

14-08552   CDD: 028.5
                                                      CDU: 087.5

Copyright © 2014 Anna Claudia Ramos

Todos os direitos reservados. Proibida a reprodução, no todo ou em parte, através de quaisquer meios. Os direitos morais da autora foram assegurados.
Texto revisado segundo o novo Acordo Ortográfico da Língua Portuguesa.

Projeto gráfico de miolo e capa: Laboratório Secreto
Editoração eletrônica: Abreu's System

Direitos exclusivos de edição reservados pela
EDITORA RECORD LTDA.
Rua Argentina, 171 – Rio de Janeiro, RJ – 20921-380 – Tel.: (21) 2585-2000.

Impresso no Brasil

ISBN 978-85-01-10239-3

Seja um leitor preferencial Record.
Cadastre-se e receba informações sobre nossos lançamentos e nossas promoções.

Atendimento e venda direta ao leitor:
sac@record.com.br

Para Lucia Elena, pela inspiração.

Agradeço imensamente:
À Ana Letícia, as meditações e inspirações nas práticas de ioga.
À Delfina, a sabedoria compartilhada e a leitura.
À Elisa Hillesheim, à Graça Antunes e ao João Aparecido, a acolhida e os aprendizados.
À Flávia Côrtes, as conversas siderais.
À Isabella Maltaroli, à Tânia Velozo e ao Gabriel Campêlo, o início do aprendizado, nos anos 1980.
À Sandra Pina e à Verônica Lessa, as conversas, a paciência e a amizade.
À Susanna Florissi, as leituras e as amizades.
Ao Flavio Renato, os momentos de reflexões diárias, pedalando.
Aos meus filhos, o aprendizado do amor.
Aos meus pais, a educação recebida.

Sumário

A menina 17

O silêncio e as implicâncias 23

O encontro 27

O dilema 35

O sonho 41

O delírio 45

A decisão 51

A Floresta da Escuridão 57

A Floresta do Medo 73

Enquanto isso, em Nanatuthi 89

A Floresta Enigmática 91

A Montanha Mágica 111

A Constelação de Órion 117

De volta a Nanatuthi 137

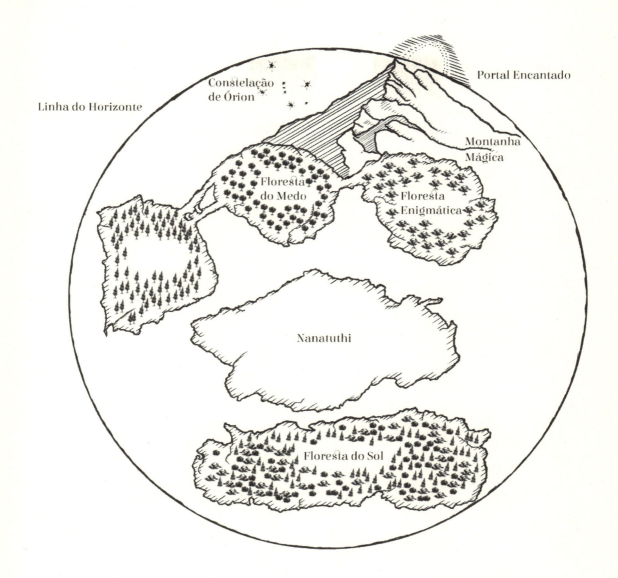

HISTÓRIAS SÃO SEMPRE UM MISTÉRIO. NÃO SABEMOS EXATAMENTE de onde elas vêm, mas o certo é que nos chegam. Muitas vezes de lugares distantes. Tão distantes que pensamos nem existir. Pensamos ser apenas nossa imaginação. Mas são reais. Tão reais que podemos descrevê-los como se já tivéssemos estado lá.

Foi assim que conheci Nanatuthi e Petra. Uma cidade e uma menina. Elas me chegaram num voo mágico. Um dia, olhei pela janela do avião e lá estavam elas. Esperando apenas que eu contasse esta história.

A primeira explicação

NANATUTHI É UMA CIDADE CERCADA DE FLORESTAS, SITUADA EM um grande vale ao norte do Portal Encantado. Para chegar ao portal é preciso atravessar três florestas. A Floresta da Escuridão, a Floresta do Medo e a Floresta Enigmática. Dizem que é muito difícil atravessar esta última. Geralmente quem tenta morre pelo caminho. Não se sabe por quê.

Para chegar ao portal, não basta atravessar as três florestas. É preciso passar pela Montanha Mágica e pela Constelação de Órion. Só depois de tudo isso é possível alcançar a entrada do Portal Encantado. Ninguém sabe ao certo quantas pessoas já conseguiram chegar até o final dessa jornada. A única coisa que se sabe é que para passar pelo portal é preciso desvendar um enigma. Por isso, quase ninguém tem coragem de fazer a travessia.

Acontece que a pequena Nanatuthi é uma cidade muito singular. Existe um estranho fenômeno naquele lugar. Eventualmente, o coração de alguns moradores se transforma em um coração de pedra. Nunca nenhuma pessoa havia questionado esse estranho fenômeno. Todos pareciam aceitá-lo normalmente, talvez pensassem ser uma maldição que se abatia sobre algumas famílias. Até o dia em que nasceu uma menina chamada Petra.

A menina

ETRA NASCEU COMO TODAS AS CRIANÇAS. ERA UMA menina alegre e muito curiosa. O que a diferenciava das outras crianças é que desde muito pequenina ela passava horas na Floresta do Sol conversando com os animais, sozinha. Em Nanatuthi as crianças podiam andar sozinhas sem problemas, porque o tempo desta história é um tempo que já passou.

Os moradores de Nanatuthi achavam Petra estranha porque ela gostava de falar com os animais, mas aceitavam, afinal de contas ela era apenas uma menina. Pensavam que ela inventava essas conversas com os bichos, como quase todas as crianças inventam um amigo imaginário.

Um dia, a vida de Petra se transformou completamente. Sua mãe morreu de uma hora para outra. Ela ainda não havia completado 7 anos e chorou muito, ficou sem falar durante muitas semanas. Petra sentiu muita falta da mãe. Até porque mães fazem falta em qualquer idade, ainda mais para uma menininha, que acabou ficando sozinha com o pai, um homem muito rígido e severo, que não era flexível e nunca respondia às perguntas da filha. E Petra adorava fazer perguntas.

Por que nem todo mundo gosta dos animais como eu gosto, pai? Por que minha mãe morreu? Por que só algumas pessoas de Nanatuthi têm coração de pedra? De onde eu vim? Pra onde eu vou quando morrer? E minha mãe, pra onde foi? Mas, muitas vezes, Petra encontrava apenas o silêncio do pai como resposta.

O pai, quando dava alguma resposta, apenas dizia sim ou não. Ele cumpria suas obrigações de prover a casa, de alimentar e educar a filha, mas não conversava com a menina, não respondia a nenhuma pergunta que Petra ainda insistia em fazer.

E, de tanto ficar sem respostas e esperar por um carinho do pai, Petra acabou por se fechar completamente. Aquela menina, antes alegre, passou a falar cada vez menos com os humanos. A cada dia se isolava mais e mais na Floresta do Sol. Só falava com os animais. Não conversava mais nem com as crianças da escola nem com os vizinhos.

E, de tanto engolir suas perguntas e dúvidas, a menina foi se fechando a tal ponto que um dia teve certeza que seu coração não era mais um coração comum. Era um coração de pedra. E sabe como ela soube disso? Com uma pena de sabiá.

É que, segundo o costume de Nanatuthi, quem tivesse o coração transformado em coração de pedra recebia uma pena de sabiá ao amanhecer. A pena era encontrada ao lado esquerdo do travesseiro. E um dia, ao acordar, Petra encontrou a pena e mostrou a seu pai, que apenas olhou de cara fechada e disse:

— Isso só pode ser uma maldição que se abateu sobre nossa casa. Primeiro sua mãe morre, agora você tem seu coração transformado em coração de pedra. Isso é uma vergonha para nossa família. Quando descobrirem que você ficou assim, não sei nem o que dizer. E muito menos como encarar a vizinhança.

Mas Petra não queria saber de maldição nem de vergonha. Queria apenas um abraço do pai, um carinho, um consolo. Queria entender por que aquilo tinha acontecido justo com ela. Só que mais uma vez ficou sem respostas para suas perguntas.

Bem que ela tentou que o pai explicasse por que isso acontecia com algumas pessoas de Nanatuthi. Mas o pai só dizia que aquilo devia ser uma maldição. Petra, coitada, ficou sem entender nada e se sentindo culpada.

Até que um dia, já cansado de escutar tantas perguntas da filha, o pai resolveu que Petra não poderia perguntar mais nada. Apenas obedecer. A última explicação que deu para a menina foi: "Quem tem seu coração comum transformado em coração de pedra precisa entender que não tem direito a sentir mais nada, pois pedra não sente. Apenas existe."

Petra não se contentou com essa história, achou que era invenção do pai, mas ao mesmo tempo sabia que não adiantava discutir. O melhor mesmo era ficar quieta. Só que, de tanto pensar consigo mesma, a menina acabou por se fechar completamente num mundo só seu. Seu e dos animais que ela tanto amava.

Falava com os cachorros da rua, os pássaros do céu, o gatinho da vizinha, o cavalo do seu Jeremias, as vacas do pasto do seu Cirino e com todos os bichos que habitavam a Floresta do Sol, onde Petra adorava passar as tardes. O mais curioso é que os animais pareciam entender o que ela falava.

A Floresta do Sol ficava ao sul de Nanatuthi e era seu refúgio encantado. Petra gostava de sentar debaixo da figueira e observar os pássaros voando, os coelhos saltitando, um cachorro correndo atrás de algum animalzinho, uma tartaruga indo a algum lugar a passos lentos e tantos outros bichos que passavam por ali.

Petra falava, eles a ouviam, especialmente os pássaros. Ela achava que eles a entendiam e gostavam dela. Sentia uma alegria imensa, mas tinha medo de contar isso para alguém. Já havia dito ao pai uma vez que se sentia muito feliz falando com os animais e que achava que eles a entendiam, mas foi severamente repreendida. "Basta, Petra! Se você continuar falando essas besteiras eu não vou mais gostar de você, entendeu? Já expliquei que quem passa a ter um coração de pedra não sente mais nada. E o pior de tudo isso é que daqui a pouco vão pensar que você está ficando maluca!"

Depois desse episódio, a menina se fechou ainda mais. Falava apenas com os animais, pois tinha certeza que eles nunca fariam mal a ela. Não os animais da Floresta do Sol, que eram dóceis e amorosos.

O silêncio e as implicâncias

O FATO DE PETRA TER TIDO SEU CORAÇÃO TRANSFORMADO em pedra não tardou a se espalhar por toda a cidade. Notícias como essa se espalham sem a gente saber como. Parece que dona Cotinha descobriu. E, quando dona Cotinha descobre qualquer coisa, a cidade inteira fica sabendo. O coração de pedra e o silêncio de Petra pareciam incomodar ainda mais os moradores de Nanatuthi, que não tardaram a achar a menina esquisita e a fazer comentários maldosos:

— Também, pudera, criada pelo pai, que é severo e autoritário.

— Que nada, isso é porque ela perdeu a mãe. E criança criada sem mãe é arredia mesmo. Fica com o coração de pedra com certeza.

— Isso é loucura que dá nas crianças que perdem pai ou mãe e passam a ter coração de pedra. Você num vê como o João Trininho é quieto, calado, parece com Petra.

— Ah! Isso, não! O João Trininho só é tímido, mas gosta duma boa prosa.

— Minha gente, vocês querem parar de falar bestagens, a menina petrificou o coração igual à fala.

— Que nada, comadre! Ela é maluquinha mesmo.

— Maluquinha e esquisita, nem fala mais com as outras crianças. Entra e sai da escola em silêncio.

E por aí iam os comentários sobre Petra, que volta e meia escutava essas bobagens. Na escola não era muito diferente, afinal, as crianças eram filhas dos adultos que falavam essas coisas. E com o tempo, de tanto ouvirem os comentários dos pais, passaram a fazer também.

— Ih! Lá vem a doidinha.

— Lá vem a mudinha.

— Petra pedra! Petra petrificada!

— Perdeu a língua, garota?

Até Sara, que um dia tinha sido a melhor amiga de Petra, se bandeou para o lado dos implicantes. Só não se sabe se por medo de ser tachada de amiga da doidinha ou se por maldade mesmo.

E, assim, Petra se fechou ainda mais em um mundo só seu. Só falava com os animais e com o pai, mas esta era uma conversa muito econômica.

O silêncio de Petra, que tanto inquietava alguns moradores da pequena Nanatuthi, era observado de longe por um ser que a menina nunca sonhou existir. Um ser que habitava as florestas ao redor da cidade. Um ser misterioso que está muito perto de se revelar. Afinal, o tempo havia passado, e Petra tinha acabado de completar 12 anos. Uma boa idade para tentar reverter essa situação e entender o porquê das perdas, do coração de pedra e das perguntas sem resposta.

O encontro

 ENCONTRO ACONTECEU NUMA TARDE DE OUTONO. Petra estava lá, sentada debaixo da grande figueira, quando aquele ser que ela nunca tinha visto antes apareceu. Metade homem, metade cavalo. Petra não sentiu medo e o encarou. Os dois se olharam fixamente por um tempo sem nada falar. O silêncio foi quebrado apenas por um latido que se aproximava e em seguida pela voz de Petra:

— Não se preocupe, deve ser um dos cachorros que sempre vêm me encontrar todas as tardes aqui na floresta.

— Não se preocupe, não tenho medo de cachorros. Aliás, não tenho medo de praticamente nada. Por isso estou aqui, pra te proteger.

Petra fez uma cara de quem não tinha entendido nada. De quem não tinha entendido e nem estava entendendo o que aquele ser queria com ela. Mas, antes que ela fizesse qualquer pergunta, ele falou:

— Meu nome é Kyron, o centauro. Estou aqui pra te ajudar a chegar ao Portal Encantado. Bem, na verdade creio que só poderei acompanhá-la até a Constelação de Órion, depois você precisará entrar sozinha. Se bem que, em alguns momentos, você terá que estar sozinha mesmo. Até porque se quiser descobrir por que sua mãe morreu, por que consegue falar com os animais e por que seu coração se transformou em um coração de pedra e por que gosta tanto de perguntar e por...

— Ai! Pare de falar! Por favor! Não estou entendendo nada. Que história é essa de Portal Encantado e Constelação de Órion? E como você sabe que faço muitas perguntas, que minha mãe morreu e que gosto de falar com os animais?

— Desculpe-me, menina Petra.

— Tá vendo que estranho! Você sabe até meu nome!?

— Desculpe-me, vou explicar direitinho pra você entender bem quem eu sou e qual é a minha missão.

— Está bem, pode falar, pelo menos você vai me dar alguma explicação, já que meu pai não explica nada mesmo.

— Meu nome é Kyron, como já disse, e minha missão é protegê-la durante a travessia até o Portal Encantado. E sabe de uma coisa? Quem tem o coração transformado em pedra deveria fazer a travessia pra entender por que ficou assim. Na verdade, todos os seres deveriam. Mas pouquíssimas pessoas têm coragem de tentar.

Petra continuou sem entender nada, mas, como estava acostumada a falar pouco, esperou que o centauro explicasse mais alguma coisa, até porque, pelo visto, ele adorava falar.

— Você deve estar querendo entender o que eu disse, não é? Então vou tentar explicar melhor. Eu a tenho acompanhado desde o seu nascimento. Vi você perder sua mãe, e seu pai se tornar um homem ainda mais fechado e de poucas palavras. Senti sua dor, mas nada pude fazer. Não tenho como me meter na vida de ninguém sem que a pessoa me chame.

— Chamar você...? Agora entendi menos ainda. Eu não chamei você!

— Chamou, sim, Petra, com suas perguntas silenciosas durante as tardes aqui na Floresta do Sol e com seu pedido de ajuda na noite passada. Você, como todo bom herói... bem, no seu caso, heroína, terá que deixar a luz, passar pelas trevas pra voltar à luz.

Petra ficou olhando Kyron falar sem entender nada, mas achou melhor deixá-lo continuar a explicação para ver aonde ele iria chegar com aquela falação toda.

— Quando uma pessoa faz as perguntas que você se faz, é preciso sair em busca de respostas, Petra. Seu pai disse que você estava proibida de sentir, não é mesmo? Mas você sente. Sente saudade, tristeza, alegria, falta de sua mãe, falta de conversar com seu pai, arriscaria até dizer que sente falta de ter amigos humanos, porque até sua amiga Sara se afastou, e não sabemos por quê. Você compartilha tudo com os animais. Eles entendem o que você diz e você os entende, mas é preciso entender também as pessoas, Petra.

— Mas eu não quero, Kyron.

— Mas não quer por quê?

— Porque os humanos não me entendem. Eles me fazem mal. Meu pai não me deixa sentir nada nem fazer perguntas. Os adultos vivem dando ordens pras crianças e falando que sou maluca. As crianças vivem implicando comigo porque sou calada e gosto de falar com os animais. Dizem que sou doidinha, esquisita. Até a Sara começou a achar isso e se afastou de mim.

— E você gosta de ser assim?

— Assim como?

— Sozinha, se sentindo diferente dos outros e ainda por cima com um coração de pedra?

— Claro que não! Você já reparou que em Nanatuthi as pessoas que têm coração de pedra falam pouco?

— Assim como você.

Essa afirmação fez Petra ficar em estado de choque. Nunca tinha se dado conta de que estava igual às pessoas que passaram a ter coração de pedra. Mas Kyron, percebendo a dor e o espanto da menina, continuou:

— Sabe, Petra, entre as pessoas que têm coração normal, algumas também são fechadas e falam pouco. Umas porque são tímidas, outras porque são medrosas, outras porque simplesmente nunca pararam pra perguntar nada. Não são como você, que quer entender de onde veio, pra onde vai, pra onde sua mãe foi quando morreu ou por que seu coração se transformou em um coração de pedra, ou, ainda mais, por que em Nanatuthi algumas pessoas ficam assim e acham isso normal. Mas você é diferente. Além de ter ficado com coração de pedra, você se faz perguntas e quer respostas. Seu pai não vai responder nada. Você terá que descobrir sozinha.

— Mas o que eu preciso fazer pra encontrar essas respostas?

— Ir até o Portal Encantado. Lá você achará todas as respostas que procura.

— Então vamos logo! Quero chegar lá ainda hoje.

— Calma, Petra! Primeiro você precisa saber que o caminho até o portal não tem um tempo definido. Cada um faz o seu próprio tempo de acordo com suas possibilidades. É um caminho muito perigoso, e, como te falei, você vai ter que deixar a luz e mergulhar nas trevas, nas três florestas mais perigosas que ficam entre Nanatuthi e o Portal Encantado. A Floresta da Escuridão, a Floresta do Medo e a Floresta Enigmática, que é a mais perigosa de todas. Poucas pessoas sobrevivem a essa floresta. Depois você precisará enfrentar a Montanha Mágica e em seguida passar pela Constelação de Órion. Aí, sim, chegará ao portal, mas pra passar por lá e encontrar suas respostas ainda terá que decifrar um enigma. Mas, caso não consiga decifrar o enigma, não poderei garantir mais a sua segurança. O que acontece no Portal Encantado só é revelado a quem consegue chegar lá.

Petra não falou nada. Ficou em silêncio, digerindo aquelas palavras. Eram muitas tarefas para uma menina de apenas 12 anos. Sem saber o que dizer, e completamente dividida entre a vontade de ir e o medo de falhar e morrer pelo caminho, começou a chorar. Alguns animais da floresta deitaram perto de onde ela estava e ficaram olhando Kyron, na esperança que ele aliviasse a dor da menina. Dois cães se aproximaram e deitaram aos pés de Petra. Dois cães que sempre estavam por perto e que Kyron conhecia muito bem: Tury e Rayka.

— E então? Você aceita o desafio?

— Não sei, Kyron...

— Não se assuste, Petra. Você é uma menina corajosa e vai conseguir chegar ao fim de sua jornada.

— Você diz isso só pra me animar, Kyron, mas ninguém pode saber se vou conseguir chegar lá. E se eu morrer no caminho? Como meu pai vai ficar, coitado? Ele já perdeu minha mãe e se me perder vai ficar maluco de vez. Meu pai é estranho, esquisito, não fala direito comigo, não me abraça, mas é a única pessoa que tenho neste mundo. E eu sou a única pessoa que ele tem. Não posso ir, Kyron.

Tury e Rayka latiram olhando para a menina como quem diz: pode, sim!

— Não desista, Petra. Não precisa decidir agora. Vá pra casa e descanse. Pense durante a noite. Estarei aqui amanhã, neste mesmo local, esperando por você.

— Não precisa me esperar, Kyron, eu não vou.

— Ainda assim estarei por aqui. Farei o seguinte: toda última sexta-feira de cada mês estarei aqui te esperando. Quem sabe você não muda de ideia? Mas caso você queira que eu venha antes disso é só me chamar que virei o mais rápido possível.

— Kyron...

— Diga, Petra.

— Alguém com o coração de pedra já fez essa jornada?

— Já, sim. Há muitos anos.
— E chegou ao portal?
— Não tenho certeza, parece que desistiu antes de chegar à Montanha Mágica.
— E alguém com o coração normal?
— Já. Algumas pessoas fizeram. Pessoas que vivem nos lugares mais variados do planeta. E, antes que me pergunte se chegaram ao fim, digo que uns sim e outros não, mas o que encontraram por lá, isso só eles podem revelar. Mas você não deve pensar no que os outros fizeram, Petra, e sim no que você pode fazer. Estarei por aqui caso mude de ideia.
— Não vou mudar de ideia, Kyron, mas vou sentir saudades, gostei de conversar com você. Tchau, tenho que ir. Está ficando tarde, e meu pai já deve estar preocupado.
— Até um dia, Petra.
— Adeus, Kyron.

O dilema

URANTE MUITOS DIAS PETRA NÃO FOI À FLORESTA DO Sol. Não encontrou com seus amigos, os animais. Não falou com ninguém, apenas trocou poucas palavras com o pai.

Petra passou muitos dias em casa, observando o pai e tentando entender o porquê de seu silêncio. A menina sentia um misto de pena e raiva do pai, mas na maioria das vezes a raiva era maior. O grande problema da raiva é que, quando ela se instala no coração, ela fica lá, cada dia minando um pouco mais os sentimentos. Parece até uma pia pingando sem parar. A raiva pinga todo dia uma tristeza, uma mágoa, um ressentimento. Vai ocupando espaço no coração. Vai endurecendo o amor.

Depois de três semanas sem ir à Floresta do Sol, Petra estava se sentindo muito sozinha. Nem com os animais da rua ou dos vizinhos ela falava. Então, um dia, quando chegou da escola, não aguentou mais e foi até a floresta. Os primeiros animais que avistou foram Tury e Rayka.

Os dois vieram correndo ao seu encontro. Fizeram tanta festa, pularam e lamberam seu rosto demonstrando todo seu afeto.

Petra sempre soube que os animais a entendiam, sentia o amor que eles tinham por ela, e até aquele dia era essa a conversa que tinha com os animais. Pelo olhar dócil, por um latido forte ou fraco quando ela lhes fazia perguntas, por um canto de pássaro mais alto ou mais baixo, por um tipo de voo, mas nunca eles tinham falado com ela como os humanos. Exceto Kyron. Mas Petra não estranhou quando Kyron falou, na verdade nem pensou sobre isso, afinal ele era meio gente, meio bicho. Acontece que naquela tarde algo muito especial aconteceu. Tury e Rayka falaram com Petra.

— Você precisa ir ao Portal Encantado, Petra. Você é uma menina muito especial, não pode continuar tendo um coração de pedra. Estaremos lá quando você chegar. Nós moramos na entrada do portal. Não tenha medo. Você pode conseguir.

— É verdade, Petra, você tem tudo pra conseguir, mas pra isso você precisa acreditar.

— Espera! Quem são vocês? Como conseguem falar comigo?

— Somos Tury e Rayka, os cães...

— Não fale nada, Tury. Por ora basta ela saber que somos dois cães que moram muito próximo ao Portal Encantado e estamos aqui pra ajudar, assim como Kyron.

— E estaremos com você em alguns momentos de sua travessia, Petra. Mas não poderemos estar com você o tempo todo.

— Cada vez eu entendo menos sobre essa travessia e esse Portal Encantado. Estou ficando assustada com essa história. Na verdade, estou com muito medo. Não sei o que vou encontrar nesse caminho e ainda por cima tenho de deixar meu pai sozinho. E se eu for e quando voltar ele não estiver mais vivo? Quanto tempo levarei pra fazer essa tal travessia? E se eu não voltar? Pra onde irei se morrer? São muitas perguntas sem resposta. Meu pai, que poderia me ajudar, não diz nada e nem me permite sentir nada. Os adultos me acham maluca, as crianças imitam os adultos. E agora vocês falam comigo como se fossem gente e sabem da travessia. Não sei mais o que pensar.

— Não pense em mais nada, Petra, apenas vá.

— Não posso.

— Poder você pode, mas não quer.

— Será que dá pra entender que eu desejo apenas algumas respostas pras minhas perguntas?

— Infelizmente, Petra, algumas respostas não são tão simples assim. E se você quer encontrá-las precisa partir.

— Não, não preciso. Posso ficar aqui e ficar assim pra sempre. Um dia eu vou crescer e tudo vai passar. Quem sabe meu pai muda e resolve falar direito comigo?

— Bem, Petra, nosso tempo por aqui está se esgotando. Temos que voltar pro lugar de onde viemos. Mas saiba que também estaremos por perto. Não podemos vir tão facilmente quanto Kyron, não temos autorização do chefe maior pra falar com os humanos a todo momento, mas saiba que, quando precisar, estaremos ao seu lado, mesmo que você não nos veja.

— Até um dia, Petra — disse Rayka.

E, antes que a menina pudesse fazer qualquer pergunta sobre quem era o chefe maior, ou mesmo se despedir, os dois cães desapareceram como num sopro mágico. Apenas os pássaros da tarde vieram ao seu encontro. Cantaram e saíram em revoada, deixando Petra ainda mais intrigada com toda essa história.

Por que seria preciso fazer essa tal travessia apenas para encontrar algumas respostas? Decididamente não iria. Como também não iria mais à Floresta do Sol, pois as duas últimas idas tinham sido estranhas e a deixado com ainda mais dúvidas. Quem seriam esses cães que possuíam estranhos poderes? Como sabiam que Kyron poderia aparecer quando quisesse? Como sabiam do seu coração de pedra?

As perguntas só aumentavam.

Ainda tomada pelo espanto e pelo medo, Petra abaixou a cabeça e começou a chorar. Kyron ao longe assistia a tudo, mas naquele momento não podia fazer nada. Um coelho parou ao lado de Petra, se enroscou em sua perna e lhe fez um carinho. Um rouxinol pousou em seu ombro esquerdo e ficou paradinho, em silêncio, até que a menina decidiu ir embora. A noite já caía, e o pai a esperava para o jantar.

No caminho de volta para casa, Petra era só tristeza. Quando entrou na cidade, alguns meninos implicaram com ela, falando as bobagens de sempre. Seu coração de pedra ficou ainda mais endurecido. O engraçado foi que ela não percebeu, até porque não sabia que mesmo os corações de pedra podiam ficar mais flexíveis ou mais enrijecidos.

Quando Petra chegou, seu pai a esperava na porta:

— Por que você demorou tanto para voltar para casa, minha filha? Já viu que horas são? Vá lavar as mãos para jantar.

Petra entrou em casa, lavou as mãos e sentou para jantar. Pai e filha não trocaram uma só palavra naquela noite.

O sonho

AQUELA NOITE PETRA TEVE UM SONO AGITADO. SOnhou com sua mãe chamando por ela. Sonhou com Tury e Rayka latindo. Os dois cães estavam em um lugar distante, diferente, repleto de uma luz alaranjada e forte. Raios brancos incidiam sobre essa luz, que parecia estar na linha do horizonte.

De repente ouviu gritos, muitos gritos vindo de um lugar distante, como se viessem das profundezas da Terra. Pássaros voavam, e Kyron andava de um lado para o outro repetindo sem parar: "A travessia, Petra, você precisa fazer a travessia. A travessia... a travessia..."

Petra acordou gritando bem no momento em que a mãe passava a mão em seu rosto e falava baixinho: *Não tenha medo, minha filha, não tenha medo.* O grito foi tão alto que o pai acordou e foi correndo ver o que tinha acontecido.

Encontrou a menina chorando, sentada na cama, sem saber o que fazer. Se ela falasse que tinha visto a mãe no sonho, o pai poderia repreendê-la. Se não falasse, mais uma dúvida ficaria trancada em seu coração. Será que tinha visto mesmo a mãe? Ou tinha sido apenas um sonho? Mas Petra achou estranho, era como se ela tivesse sentido de verdade a mãe e não apenas sonhado.

Com medo da reação do pai, a menina só falou que tivera um pesadelo. O pai disse que pesadelos eram sonhos ruins, coisa de quem pensa muita besteira durante o dia e enche a cabeça com perguntas inúteis.

— Já te falei para parar com essas maluquices, não falei? Agora vá dormir porque daqui a pouco o dia amanhece e temos muito que fazer.

— Mas pai...

Só que o pai não estava mais ali. Havia voltado para o seu quarto, deixando a menina sozinha. E até o dia amanhecer Petra chorou baixinho em sua cama, enrolada nas cobertas. Só quando o sol estava começando a raiar no horizonte do dia, a menina adormeceu.

Quando o relógio bateu sete horas da manhã, o pai foi chamá-la. Estava achando muito estranho a filha não ter levantado sozinha, afinal era tão disciplinada com o horário. Nunca se atrasava para seus compromissos. Mas o que encontrou não foi nada bom. A filha ardia em febre e delirava.

O delírio

ETRA PASSOU QUATRO DIAS ARDENDO EM FEBRE. DElirando. Chamava pela mãe e por uns nomes que o senhor Naum nunca tinha escutado antes. Senhor Naum é o nome do pai de Petra, que não entendeu nada quando ouviu a filha chamar por Kyron, Tury, Rayka, Órion, Akynauê, Yogus, Letúnia, Taurus.

Já sem saber o que fazer, o senhor Naum resolveu ir até a casa de dona Agostina, conhecida como a melhor benzedeira de Nanatuthi. Ela era famosa por suas curas com ervas. A boa senhora atendeu prontamente ao chamado. Até porque, para o senhor Naum ter a coragem de ir até sua casa chamá-la, a coisa devia ser muito séria, pois ele era descrente de tudo e nunca falava com ninguém sobre seus problemas.

No caminho até sua casa, o senhor Naum explicou a dona Agostina que havia dias vinha tentando fazer a febre de Petra baixar, mas não tinha conseguido. A menina delirava sem parar, e ele estava muito preocupado.

Dona Agostina passou alguns dias tentando de tudo um pouco e fazendo orações sem parar, dia e noite velando ao lado da cama da menina. Mas a febre não baixava por nada. Melhorava, mas voltava. Até que, depois de muito tentar baixar a febre com algumas ervas, dona Agostina chamou o senhor Naum para lhe dar uma explicação.

— Sua filha não está doente do corpo, senhor Naum, ela está doente da alma. Essa febre não cederá assim tão fácil. E não há mais nada que eu possa fazer neste momento, mas recomendo que o senhor fique ao lado dela o tempo todo.

— Mas fazendo o quê, dona Agostina?

— Apenas orando por ela, para que fique boa.

— Mas eu não sei fazer isso.

— Sabe, sim, senhor Naum, todos nós sabemos. É só pedir com o coração que funciona.

— Vou tentar, dona Agostina. Mas a senhora pode me fazer um favor? Não fale com ninguém sobre o estado de Petra. Já passamos muita vergonha... não precisamos de mais uma.

— Isso não é uma vergonha, senhor Naum, sua filha está apenas precisando de...

— Não termine sua frase, dona Agostina. Eu sei o que Petra está precisando. De mãe. Mas isso ela não tem mais. E nunca mais terá. Agora tenho que agradecer à senhora por ter cuidado de minha filha com tanto carinho.

— Não é necessário me agradecer, senhor Naum. Faço isso por amor ao próximo. Mas antes de partir tenho de dizer uma coisa ao senhor. Petra não precisa mais da mãe aqui na Terra, senhor Naum, se precisasse a mãe não teria partido. Nada acontece nesta vida sem que haja permissão. O que ela precisa está bem perto dela. Mas isso o senhor terá que descobrir sozinho. Faz parte do plano de vocês dois. Contudo, não adianta falar absolutamente nada ao senhor, simplesmente porque o senhor não quer ouvir com o seu coração. Eu vou indo, mas se Petra piorar pode me chamar que virei. A menina necessita de cuidados, não se esqueça, mas o que ela mais precisa é de amor.

— Ah! Isso ela já tem de sobra, dona Agostina. Eu a amo muito. Ela é minha única filha, é tudo que tenho nesta vida triste e cheia de amarguras.

— Então o senhor deveria dizer isso à menina.

— Isso o quê?

— Que o senhor a ama.

— Não preciso dizer. Isso ela já sabe.

Dona Agostina foi embora com a certeza de que não adiantava falar mais nada. Tudo que ela podia fazer até aquele momento já tinha sido feito, agora era dar tempo ao tempo. Os vizinhos deram uma trégua nos comentários e buscaram saber notícias. Porque é claro que acabaram descobrindo que a menina estava doente. E todos queriam saber o que tinha acontecido e por que Petra não saía mais de casa, não ia à escola e nem passava para conversar com os animais. Mas o senhor Naum dizia apenas que ela estava com febre, que ia passar e logo ela estaria de volta à escola e aos seus afazeres.

Mas a menina continuava a delirar: Kyron, Tury, pai, Rayka, Órion, Akynauê, mãe, Yogus, Letúnia, Taurus. Kyron, Tury, Rayka, mãe, Órion, pai, Akynauê, Yogus, Letúnia, Taurus. Kyron, Tury, Rayka, Órion, Akynauê, pai, Yogus, mãe, Letúnia, Taurus. Kyron, pai, Tury, Rayka, Órion, Akynauê, Yogus, Letúnia, Taurus, mãe. Repetia sem parar esses nomes, falava sobre montanhas mágicas, enigmas, escuridão, florestas, coração de pedra, espíritos, fantasmas, luzes, muitas luzes.

A febre só cedeu no dia que Petra sonhou com uma luz branca vindo das nuvens, cortando todo o céu até chegar à janela de seu quarto e incidir sobre sua cama. Acordou com fome, e, ao abrir os olhos, se deparou com o pai dormindo na cadeira ao lado de sua cama. Petra chorou de alegria ao ver o pai ali. Levantou em silêncio, tomou um banho, trocou de roupa, fez café e chamou o pai, que de tão cansado nem tinha visto a filha acordar. E pela primeira vez desde que sua mulher havia morrido deu um abraço na filha quando a viu de pé e sem febre.

— Que susto você me deu, minha filha. Pensei que não ia melhorar nunca.

— Mas eu melhorei, papai. Sonhei com uma luz linda que vinha do céu e iluminava minha cama. Não sei por que, mas depois desse sonho eu fiquei boa. Por que será?

— Mas já começou tudo de novo!? Que mania você tem de fazer perguntas, Petra! Não basta ter ficado boa e pronto? Vamos comer que depois você precisa ir até a escola e à casa de dona Agostina avisar que ficou boa e agradecer por ela ter passado alguns dias cuidando de sua febre.

Os dois comeram em silêncio, depois Petra saiu. Parecia renovada. Foi falando com todos os animais que encontrava pelo caminho. Chegou até a falar com umas duas ou três pessoas que lhe perguntaram se já estava boa, explicando que sim e agradecendo a preocupação.

Mas qual não foi sua surpresa ao chegar à casa de dona Agostina. A porta estava aberta. Petra entrou, chamou por dona Agostina, mas nada. A casa estava vazia. Petra já estava indo embora quando encontrou um bilhete com seu nome.

Petra querida,

Eu sabia que você viria, por isso deixei este bilhete. Fico feliz que esteja bem e que a luz tenha te curado. Não se preocupe comigo, vou passar uns tempos fora. Não sei quando volto para Nanatuthi, mas saiba que estarei sempre ao seu lado.

E não tenha medo da travessia. Você pode enfrentá-la, mas não demore muito a tomar uma decisão. Quanto mais você demorar, mais complicado ficará para reverter a situação. Nunca sinta vergonha por seu coração ter se tornado de pedra. Aprenda a entender o que isso significa.

Seja feliz e fique bem!

Um grande abraço, Agostina

Petra não entendeu absolutamente nada. Como dona Agostina poderia saber da travessia e da luz? Isso estava parecendo magia, e Petra ficou muito assustada. Resolveu que não falaria sobre o assunto com ninguém, mas logo se lembrou que não tinha mesmo com quem falar. Pensou em Kyron, em Tury e Rayka. Por onde eles andariam?

Voltou para casa intrigada e, mais uma vez, com a cabeça cheia de perguntas sem respostas. Precisava tomar uma atitude, afinal a travessia até o Portal Encantado parecia algo inevitável.

A decisão

AQUELA NOITE, PETRA MAL DORMIU. QUANDO O DIA amanheceu, saiu como quem vai para a escola, mas pela primeira vez em sua vida fez uma coisa diferente. Não foi. Na mochila da escola, no lugar de livros e cadernos, Petra já havia colocado roupas, uma coberta quentinha bem enrolada, comida e água.

Aquela manhã estava muito fria. Um vento gelado cortava o ar. Petra seguiu em direção à Floresta do Sol. Chegando lá, se sentou debaixo da figueira e parou para pensar por uns instantes. Estaria fazendo a coisa certa? Deveria mesmo fazer a tal travessia? Parecia que sim, afinal tudo conspirava a favor. Exatamente enquanto pensava, um pássaro muito raro de se ver por aquelas bandas pousou em seu ombro esquerdo. Ficou ali por uns instantes, depois saiu, deu uma volta ao redor da menina e seguiu em direção à Floresta do Medo. Nesse momento, Petra teve certeza de que o certo seria fazer a travessia. Nada mais a faria voltar atrás.

Precisava chamar Kyron, afinal ele tinha se proposto a ajudá-la. Mas foi só pensar nisso que Kyron surgiu, do nada.

— Que bom que você decidiu fazer a travessia, Petra!

— Não tive outra opção. Meu pai não sabe que estou indo. Pensei em deixar um bilhete pra ele, mas achei melhor não avisar.

— Fez bem, seu pai será avisado no momento certo.

— Não vou nem perguntar por quem. Você é cheio de mistérios mesmo.

— Um dia esses mistérios deixarão de ser mistério pra você, Petra. Mas por enquanto saiba que a partir de agora você precisará confiar em mim e nos seres da luz que aparecerão em seu caminho.

— Mas como vou saber quem é e quem não é um ser da luz, Kyron?

— Ah! Isso você terá que perguntar ao seu coração!

— Ao meu coração de pedra? Tá bem... — disse Petra, descrente.

— Bem, vamos começar a jornada?

— Vamos, mas onde estão Tury e Rayka?

— Em casa, eles não puderam estar aqui agora, mas saiba que poderá contar com eles. Basta chamá-los.

— Mas como?

— Com o pensamento, Petra. Apenas com o pensamento. Mas não pense nisso. Preciso explicar algumas coisas antes de iniciarmos a travessia.

— Então explica.

— Bem, conforme disse, você vai deixar a luz e fazer uma longa jornada pelas trevas até alcançar a Montanha Mágica. As três florestas que você precisará atravessar são muito perigosas, e nunca se sabe ao certo o que poderá encontrar.

— Mas por que, Kyron?

— Porque cada floresta esconde um mistério. E em cada uma delas as pessoas se deparam com seus segredos mais profundos. Por isso nunca é igual de uma pessoa para outra, entende? Cada jornada é única e intransferível.

— Intrans o quê?

— Intransferível. Significa que a sua jornada é só sua, não pode ser transferida a ninguém. O que você viverá não será nunca igual ao que outra pessoa já viveu, assim como ninguém fará o mesmo caminho que o seu, entendeu?

— Acho que sim.

— Então vamos lá. Preciso dar algumas explicações importantes. Na Floresta da Escuridão, moram as escuridões que existem em você há milênios, em seu coração.

— Ih... não tô entendendo nada. Eu não existo há milênios, como essas escuridões podem existir há mais tempo do que eu? E que escuridões são essas?

— Isso é uma longa história, Petra, mas não posso falar nada sobre esse assunto de tempo por enquanto. Mas posso te contar que essas escuridões que moram em você, no seu coração, têm a ver com seus temores milenares e são muito difíceis de enfrentar. Você vai precisar ser forte, muito forte.

— Entendi menos ainda, mas e nas outras florestas? O que vou encontrar?

— Na Floresta do Medo você vai se deparar com os seus medos mais profundos. E terá que ser muito corajosa, Petra, pois poderá se surpreender com o que irá encontrar. Às vezes nem sabemos que temos tantos medos. Porque medos são danados pra ficar escondidos em lugares onde nem conseguimos enxergar.

— Mas e se eu tiver muitos medos e não conseguir enfrentá-los?

— Aí tudo pode acontecer, só vai depender de você.

Petra não falou nada. Ficou em profundo silêncio, certamente pensando se deveria ou não começar uma jornada tão dura. Talvez tivesse sido mais simples ir para a escola, ou quem sabe talvez fosse melhor voltar para casa e nunca mais pensar nesse assunto. Kyron parecia ler seus pensamentos.

— Não adianta, Petra. Você nunca iria conseguir parar de pensar nesse assunto, viveria com essa dúvida pra sempre dentro de você. E não existe coisa pior do que viver perguntado *e se eu tivesse ido?* Esse *e se* é terrível. Já vi muita gente chorar uma vida inteira pensando *e se... ?*

— Que coisa! Agora você lê pensamento também, é?

— Sempre li! Mas continuando... A terceira floresta, a Enigmática, é um enigma, como o próprio nome diz. Não tenho nem o que te dizer sobre essa floresta, pois não sei o que poderá acontecer quando você chegar lá.

— Mas e se eu não conseguir passar por essa floresta, Kyron? O que vai acontecer?

— Você ficará perdida pra sempre. Mas, se conseguir passar pela Floresta Enigmática, encontrará a Montanha Mágica, que é outro lugar difícil de definir, porque, além de ser um local sagrado, é um local cheio de magias e segredos que só são revelados a quem chega lá.

— E a Constelação de Órion? O que é isso?

— Ah, minha querida, Órion é uma constelação que é bem fácil de enxergar. Pra identificá-la basta olhar pro céu e procurar três estrelas bem próximas entre si. Elas têm o mesmo brilho e ficam alinhadas. São as chamadas Três Marias, como o povo de Nanatuthi gosta de dizer. Elas formam o cinturão da constelação de Órion, o caçador. A constelação tem a forma de um quadrilátero com as Três Marias no centro. O vértice nordeste do quadrilátero é formado pela estrela avermelhada Betelgeuse. O vértice sudoeste do quadrilátero é formado pela estrela azulada Rigel, que...

— Para, Kyron! Cansei. Não quero saber mais nada, senão vou desistir agora mesmo. Você só está me falando de coisas ruins, perigosas, complicadas. Não tem nada de legal nessa travessia, não?

— Tem, sim, Petra, as descobertas. As descobertas que você vai fazer podem ser lindas. Você vai ver só. Mas tem uma coisa sensacional nessa jornada. As luzes. As luzes são lindas.

— Que luzes?

— Você não sonhou com uma luz que te curou? Então, esse tipo de luz...

— Ah, tá! Entendi. E pelo tom da sua voz já sei que você não pode falar mais nada, não é? É melhor eu nem perguntar como você sabe que sonhei com uma luz.

— É, Petra. Isso mesmo.

— Tem mais alguma coisa que eu preciso saber?

— Tem, sim. Nas florestas você vai atravessar alguns reinos muito perigosos, que variam de pessoa pra pessoa. Saiba que estarei sempre por perto e que você poderá contar com minha ajuda pelo caminho, só terá que descobrir como. Pense sempre em quem você é e nas suas perguntas, pense na sua história e na história de sua família. Pense em Nanatuthi e no seu coração. E coragem, minha pequena guerreira, coragem pra enfrentar os mais terríveis reinos, monstros e perigos que existem nas florestas.

A Floresta da Escuridão

ETRA SAIU EM DIREÇÃO À FLORESTA DA ESCURIDÃO com Kyron, que atirou uma flecha em direção ao norte para marcar o início da jornada. Era para lá que eles seguiriam a partir daquele momento.

Petra já havia perguntado como faria para dormir e comer. Estava preocupada com o tempo que poderia levar para fazer toda a travessia. O que ela tinha de comida em sua mochila não duraria mais do que uns poucos dias. Kyron apenas disse que ela não se preocupasse com nada.

Quando chegaram à Floresta da Escuridão, Petra se surpreendeu. Era linda, superiluminada. Nunca tinha ido até lá porque diziam que era terrível, escura, sombria, amedrontadora, mas não era isso que ela estava constatando naquele momento. A Floresta da Escuridão não parecia amedrontar ninguém. Muito pelo contrário.

Kyron caminhava tranquilamente ao lado de Petra. Já havia passado mais de duas horas sem que nada de mais acontecesse. Petra estava achando que aquela travessia seria uma moleza. Foram andando em silêncio mais um pouco, tempo suficiente para Petra começar a pensar em seu pai. Será que ele estaria preocupado? Será que ela conseguiria fazer a travessia? Será que ela era mesmo corajosa? Se estivesse em Nanatuthi ela já deveria ter voltado da escola. Até que de repente...

— Kyron, você ouviu esse grito?

— Que grito, Petra?

— Um grito forte. Parecia um choro, veio lá de trás daquelas árvores.

— Não ouvi, não, Petra, quer dar uma olhada?

— Eu não.

Mas bastou dizer "eu não" que ela ouviu novamente, mas desta vez não foi apenas um grito, ela ouviu alguém chamar seu nome por mais de duas vezes. Não disse nada a Kyron, tentou continuar andando, mas ouviu novamente. *Petra! Petra! Venha cá, Petra, preciso te mostrar uma coisa.* Ela tapou os ouvidos e os olhos, como quem se recusa a ouvir e a ver, mas não adiantou. Quando Petra abriu os olhos, estava sozinha. Correu chamando pelo amigo, que não estava mais por ali.

Resolveu caminhar até a árvore de onde vinha o chamado. E qual não foi sua surpresa quando percebeu que não havia nada nem ninguém por perto. Sentiu um frio na espinha, daqueles frios que sentimos quando estamos com muito medo. Foi só sentir isso que imediatamente tudo ficou estranho, e anoiteceu como num piscar de olhos.

A escuridão tomou conta da floresta. E aquela floresta que parecia tão linda até alguns minutos atrás se transformou numa floresta assustadora, cheia de barulhos e ruídos. Petra imediatamente pensou em Kyron. Por onde ele andaria? Chamou seu nome, mas nem sinal do amigo. Pensou em Tury e Rayka, mas nada de eles aparecerem. Os animais tão dóceis, que estavam saltitando ao lado dela e de Kyron, desapareceram por completo, e Petra passou a escutar uivos ao longe. Amedrontadores.

Sozinha e sem saber o que fazer, começou a chorar. O medo foi ficando cada vez maior. Os barulhos também foram ficando cada vez mais fortes e vinham de todas as direções. No desespero de ficar ali sozinha, Petra começou a correr, tentando ver se aquela floresta acabava logo e ela chegava à floresta seguinte. Sua intenção era terminar a travessia naquele mesmo dia.

Seguiu em frente sem nem olhar para trás e evitando sequer olhar para os lados. Até que de repente percebeu que alguém corria atrás dela. E não tardou a sentir uma mão tocar em seu ombro. Deu um gritou e tentou continuar correndo, mas não conseguiu. Estava paralisada.

— Calma, não fique com essa cara de espanto. Eu sou do bem e não vou fazer mal. Só preciso que você me ajude a sair daqui.

— Te ajudar? Eu? Mas como? Nem sei como sair daqui.

— Então me leva com você, vamos juntas.

— Mas quem é você?

— Você não sabe?

— E por acaso eu deveria saber?

— Claro que sim.

— Hum... Era você que estava chorando e me chamando ainda há pouco?

— Era, sim.

— Mas quem é você?

— Meu nome é Angelina, vivi há muitos anos num castelo no alto das montanhas. Era filha do rei, mas não era amada. Um dia fugi de casa e me perdi. Nunca mais consegui voltar.

— Que triste! Será que eu vou me perder também?

— Espero que não, a gente não tem mais tempo pra perder.

— Como assim?

— O tempo... Já perdemos muito tempo.

— Como assim já perdemos? Eu nem te conheço...

— Conhece, sim, você só não se lembra. Como acha que eu sei seu nome?

— ...

Petra não ousou perguntar nada. Logo ela, que fazia tantas perguntas e queria respostas... Afinal, toda essa história de travessia estava muito estranha desde o início. Talvez fosse melhor mesmo ficar quieta. Mas que ela achou muito estranho Angelina saber seu nome e falar de tempo perdido, ah, isso achou!

As duas seguiram caminho. Agora eram duas meninas, ou melhor, duas jovenzinhas caminhando juntas. A Floresta da Escuridão era realmente assustadora. Ora estava noite, ora dia, sem a menor coerência. Anoitecia e amanhecia de um minuto para o outro. O dia tinha voltado, e raios de sol cortavam as copas das árvores. As duas caminhavam com alguns pássaros que as seguiam lado a lado. Petra achou muito estranho, porque ali a sensação que tinha era que nem sempre os animais a escutavam. Mas não passou muito mais do que uma hora, Kyron apareceu.

— Por onde você andou, Kyron? Por que me deixou sozinha quando eu estava morrendo de medo?

— Não te deixei sozinha, você encontrou Angelina. Que bom! Vejo que já ficaram amigas, se reencontraram finalmente.

— E que papo é esse de se reencontraram?

— Na hora certa você vai entender, Petra.

— Mas que coisa mais chata, agora parece que todo mundo sabe o que vai acontecer comigo, menos eu.

— Não, Petra, nós não sabemos. Apenas sabemos o que pode acontecer se você conseguir chegar ao fim da travessia.

— Então me conte.

— Não posso. Essas coisas não podem ser reveladas antes do tempo. Você precisará aprender a esperar o tempo certo das coisas. Eu só vim mesmo pra dizer que terei que ficar ausente por uns dias. Recebi um chamado do outro lado da vida e preciso ir até lá.

— Outro lado da vida, Kyron?! O que é isso?

— Pergunte a Angelina, ela sabe — falou Kyron e desapareceu.

— Será que você pode me explicar, Angelina?

— O outro lado da vida, Petra, fica nos domínios do sem-fim e pode estar em muitos lugares. Depende.

— Agora não tô entendendo nada. Como assim depende?

— Depende do que você fez, faz, pensa, diz, age, depende, simplesmente depende.

— Tá! Deixa pra lá. Já sei que você não vai explicar nada direito mesmo. Você é amiga do Kyron... Mas o que nós vamos fazer agora?

— Vamos seguir, precisamos sair daqui o quanto antes.

— Mas por quê?

— Porque você precisa terminar o que começou e porque você precisa achar suas respostas e me ajudar. Vamos?

— Vamos.

As duas seguiram juntas, foram conversando sobre a Floresta da Escuridão ora ficar dia, ora noite, foram brincando com uns passarinhos, rindo, se conhecendo. Na verdade, as duas pareciam velhas amigas se reencontrando. Petra nem se deu conta, mas ela estava conversando com uma menina e ainda por cima contando de sua vida, de sua mãe, que tinha partido quando ela era pequenina e que ela sentia muitas saudades e queria muito saber onde a mãe poderia estar. Será que estaria no céu? Ou teria ido para algum lugar sombrio? Angelina falou que certamente sua mãe estaria num lindo lugar, quem sabe até mais perto do que ela imaginava. Petra estava assustada com aquela conversa. Não gostava muito de pensar sobre essas coisas, sentia muito medo.

A conversa antes agradável começou a ganhar ares mais assustadores para Petra, que se perguntava quem seria Angelina, por que aquela estranha menina estava perdida por ali e precisava de sua ajuda. A Floresta da Escuridão foi ficando escura, até porque a noite vinha chegando e com ela todos os barulhos noturnos. Petra foi ficando com muito medo.

Uma noite sombria as envolvia. Resolveram parar para descansar, comer alguma coisa e aguardar o dia nascer. Estenderam suas mantas entre as árvores. Angelina acendeu uma fogueira com uma facilidade que Petra nem acreditou.

— Você esqueceu que moro aqui há milênios? Já deu tempo de aprender muita coisa.

— Imagino... — disse Petra, bem reticente.

— Boa noite, Petra.

— Você não tem medo de dormir assim?

— Assim como?

— Sem estar dentro de uma casa?

— Já me acostumei, pode dormir tranquila, é só não ficar pensando em coisas ruins que nada de mau te acontece.

— Tá. Vou tentar.

— Qualquer coisa, me chama.

— Com certeza! E, Angelina, obrigada!

— De nada! Boa noite.

— Boa noite.

As meninas deitaram, e Angelina logo pegou no sono, mas Petra não conseguiu se desligar dos barulhos da floresta. Quanto mais tentava se desligar, mais os barulhos se intensificavam. O escuro parecia envolver toda a floresta. Por sorte a fogueira ainda estava acesa e a escuridão não havia envolvido completamente as meninas. Petra estava com muito medo. O pavor foi subindo, tomando conta de todo o seu corpo, até que ela não conseguiu mais ficar deitada. Ouviu um latido ao longe e levantou. O latido foi ficando mais perto e Petra se sentiu um pouco reconfortada só de pensar que os animais que tanto amava poderiam estar por perto. Seriam Tury e Rayka?

Petra então resolveu caminhar na direção dos latidos, mas qual não foi sua surpresa quando de repente pisou em cima de muitas folhas que estavam apenas escondendo um buraco muito fundo e escuro. Escuro de dar dó. Petra gritou de pavor enquanto caía, chamou por Angelina, mas foi em vão. Angelina dormia profundamente.

O buraco era realmente fundo, frio e escuro. Muito escuro. Lá, sim, Petra conheceu a escuridão total. Não dava para enxergar nada, e ela estava toda arranhada, suja e com medo. Petra ficou encolhida no canto, chorando baixinho, na esperança de que alguém aparecesse. Mas ninguém apareceu.

Ficou ali por alguns minutos experimentando aquela sensação ruim, até que algo extraordinário aconteceu: uma grande tela se abriu bem à sua frente, como se fosse uma tela ultramoderna de computador, embora ela nem soubesse o que era isso. Não havia computador em Nanatuthi naquele tempo. E, do nada, um filme começou a passar na tela. Parecia um filme de terror, que Petra não queria ver por nada neste mundo, mas, por mais que fechasse os olhos, continuava vendo. Como era possível enxergar mesmo com os olhos fechados? Que lugar seria aquele em que estranhos fenômenos podiam acontecer?

E o que Petra viu não foi nada bom. Uma menina perdida chorava profundamente numa floresta escura. Depois surgiu um menino correndo. Um lobo faminto corria atrás dele, o menino gritava, chorava e o lobo o seguia. O menino era mordido pelo lobo e um homem chegava. Parecia ser seu pai. De repente mudava de cena e um homem mais velho surgia perseguindo uma menininha que chorava e corria, chorava e corria, depois se escondia num lugar que parecia um estábulo, mas o homem a encontrava e a levava de volta para casa. Uma mulher na porta dessa casa apenas chorava de cabeça baixa. Depois um cão surgia e latia sem parar vendo um homem montado a cavalo partir. Depois uma velhinha bem velhinha aparecia, o cenário agora era o mar. Petra não se lembrava de o pai a ter levado para conhecer o mar, mas era como se já tivesse estado ali, como se conhecesse aquela senhora.

Sentiu um arrepio por dentro, começou a chorar sem nem se dar conta de que a tela havia sumido. Quando abriu os olhos, começou a ouvir um latido, mas já não sabia mais se confiava nos latidos. Tudo naquele lugar era estranho. Foi quando se lembrou de Kyron, pensou muito que adoraria que ele estivesse ali, bem ao lado dela. Pensou com muita vontade mesmo. E qual não foi sua surpresa quando ele surgiu, do nada.

— Não se acostume, nem sempre vou conseguir chegar assim tão rápido, ouviu? Mas agora ande, Petra, levante-se que precisamos sair daqui. E não tenha medo do que viu. Faz parte do outro lado da vida, da sua vida. Mas não faça perguntas, apenas venha comigo. Feche seus olhos e pense em uma coisa muito boa. Petra pensou no colo da mãe e naquela luz que a envolveu durante o delírio. Quando abriu os olhos, estava sentada ao lado de Angelina fora do buraco. Já era dia e fazia sol.

— Quer uma fruta, Petra? Você deve estar com fome.

— Kyron, por favor, me explique o que foi que aconteceu?

— Eu já expliquei, Petra: você viu o outro lado da vida.

— Mas de que vida, Kyron? Não tô entendendo nada. — E começou a chorar.

Na verdade, começou a chorar e saiu correndo feito doida, dizendo que não queria mais ficar ali, ia voltar para casa e ficar com o pai, por pior que ele fosse. Mas foi tudo em vão, ela não sabia o caminho de volta. Correu, correu, escutou uivos e gritos, escutou seu nome ao longe e quando se deu conta estava de volta, no mesmo lugar.

Angelina e Kyron estavam esperando por ela. Kyron pegou Petra nos braços e lhe deu um abraço bem forte. Depois olhou bem dentro de seus olhos e disse:

— Não há tempo a perder. Siga o rumo da flecha que vou atirar agora. Vou atirar e partir. Apenas siga a flecha e tente achar a saída da Floresta da Escuridão, mas siga seus instintos. Angelina poderá seguir com você, se assim desejar.

Petra desejou.

As duas meninas seguiram a flecha. A floresta estava sombria, cinzenta. Caminharam em silêncio por alguns minutos até que Petra parou e perguntou novamente a Angelina sobre o outro lado da vida.

— Que história é essa, Angelina, daquilo que vi quando caí naquele buraco ser o outro lado da minha vida?

— Você viu coisas antigas, Petra, de outros tempos, só isso! Mas não tente entender nada por enquanto, ainda é cedo pra isso.

— Mas que coisa mais chata! Quanto mais eu ando, mais eu acho perguntas em vez de respostas...

— É assim mesmo, Petra. Estou andando faz tempo.

— Mas eu não quero ficar perdida nesse lugar estranho, quero sair logo daqui. Vamos naquela direção, foi pra lá que a flecha de Kyron apontou.

As meninas começaram a andar novamente. Petra começou a pensar nas imagens que tinha visto e foi sendo tomada por um medo estranho. Se o tal outro lado da vida era a vida dela, será que aquilo tudo tinha acontecido com ela? Mas quando? Era impossível ser verdade. Foi só pensar nisso que o medo aumentou e o tempo fechou. O céu ficou escuro. Petra começou a pensar naquele estábulo, naquela menininha, e bem no meio do pensamento foi envolvida por uma sombra gigantesca. Em seguida surgiram milhares de outras sombras que a envolveram de tal forma que era impossível se desvencilhar. Chamou por Angelina, mas nem sinal da amiga. Como ela poderia ter sumido assim tão rapidamente?

Petra se viu dentro de uma nuvem de sombras toda disforme. Tentou correr, mas a sensação que tinha era que corria, corria, mas não saía do mesmo lugar. Enquanto corria começou a lembrar de coisas que lhe vinham à mente sem que desejasse. Lembrou do dia que sua mãe partiu, e sentiu um imenso vazio. Depois, sentiu um medo enorme de não ser mais amada pelo pai quando voltasse para casa, mas ao mesmo tempo sentiu uma raiva imensa de o pai ser como era. As sombras sussurravam coisas em seu ouvido: *Você nunca mais vai voltar para casa, vai ficar aqui perdida para sempre. Ninguém te ama. Você não tem ninguém. Vamos te prender aqui para todo o sempre.* E Petra foi entrando em desespero. E se ficasse ali para sempre? As sombras sussurravam cada vez mais: *Ninguém te ama, você não tem ninguém.*

Petra começou a berrar chamando por todos que conhecia e que poderiam tirá-la dali, mas ninguém apareceu. Começou a ter certeza de que realmente ninguém a amava. Nesse momento a nuvem de sombras estranhas passou a sufocá-la ainda mais, e ela começou a chorar sem parar. O medo era tanto que Petra nem sabia mais em que pensar. Até que a imagem de um lindo pássaro veio à sua mente, um pássaro que sempre estava ao seu lado na Floresta do Sol. Envolvida pela imagem do pássaro, Petra conseguiu se desvencilhar de algumas sombras e em seguida enxergar uma pequenina luz bem ao longe. De repente, se lembrou da imensa luz que havia descido sobre sua cama no dia em que tinha ficado boa. Pensou naquela luz e foi envolvida por uma forte luz laranja que dissipou toda aquela nuvem de sombras, e se viu diante de uma bifurcação. Petra precisaria escolher qual dos dois caminhos seguir: o da direita ou o da esquerda. O problema era que ambos tinham uma seta onde se lia: "Saída da Floresta da Escuridão". E agora? Qual caminho ela deveria escolher?

Petra ficou na maior dúvida, tentando encontrar algum sinal que apontasse qual deveria ser sua escolha. Foi quando avistou alguns animais nos dois caminhos, mas nenhum lhe deu um sinal concreto de qual seria o melhor a seguir. Continuava em dúvida quando um ser estranho apareceu:

— Vá pelo da direita, é mais seguro, menina.

Petra ficou desconfiada daquela criatura.

— Quem é você?

— Sou um ser da luz e vim te ajudar a pedido de Kyron.

— E por que Kyron não está com você?

— Porque ele está ocupado agora, mas virá depois.

Petra ficou receosa. Não sabia se deveria acreditar naquela criatura. Seria mesmo ele um ser da luz? Kyron tinha explicado que, para saber se um ser era ou não da luz, ela deveria ouvir sua própria intuição. O problema é que a sua intuição ainda não estava muito aguçada.

— Não tenha medo, menina, na verdade os dois caminhos vão te levar até a Floresta do Medo, você não leu o que diziam as setas? Só que o caminho da direita é mais curto do que o da esquerda, chegue perto e leia o que está escrito com letras bem miúdas.

De fato, a seta da direita dizia que a estrada até a Floresta do Medo tinha dois quilômetros e a da esquerda dizia que tinha o dobro. Ela teria que andar muito mais. Por isso, nem pensou duas vezes, entrou pelo caminho da direita, que parecia inclusive ser mais alegre do que o da esquerda. Mas para sua surpresa, foi só entrar no caminho para que o sol, que antes brilhava lindamente no céu, desaparecesse por completo. As árvores se fecharam e o tempo escureceu. O estranho ser, que parecia da luz, se transformou em uma sombra maligna que começou a rir, mas era uma risada tão assustadora que Petra sentiu o coração enrijecer e doer de tanto medo.

— Menina tola!! Acreditou no que eu disse!!!! Hahahahahaha!...

— Mas você não disse que era um ser da luz?

— E você acreditou, sua boba?

— Claro!

— Você é uma menina muito tola, que não pensa e acredita em qualquer um que sai te dizendo coisas.

— Eu penso, sim, e muito!

— Então pensa errado! E, por isso, agora você vai trilhar um longo e tortuoso caminho até a Floresta do Medo. Este caminho é o mais curto, porém é o mais perigoso, repleto de monstros horripilantes. O outro é mais longo, porém bem mais seguro. Menina preguiçosa. Mas agora ande, vá encontrar o que espera por você neste caminho.

Profundamente arrependida, e ao mesmo tempo com medo, Petra saiu correndo até onde suas forças aguentaram, e quando parou sentiu uma coisa horrível tentando agarrá-la. Um medo imenso a tomou por completo. Foi então que viu seres pavorosos, grudentos, maltrapilhos, sombrios. Ela não teve opção a não ser começar a correr novamente. Aqueles seres horripilantes estavam quase alcançando Petra, quando ela sentiu uma vibração diferente ao seu lado. Olhou e viu um ser que mais parecia uma luz dourada. E, antes que tivesse tempo de perguntar qualquer coisa, ouviu:

— Corra, Petra, eles não podem te pegar enquanto você estiver correndo, só se você parar. Corra que estou bem aqui ao seu lado. Meu nome é Yogus, e eu não vou fazer mal nenhum a você. Vou te proteger. Lembra que você me chamou em seu delírio?

Petra se lembrou do nome e agradeceu ter alguém correndo ao seu lado. Ela não sabia explicar, mas bem no fundo do seu coração sentiu que Yogus falava a verdade.

— Corra até o final dessa estrada, Petra, mas corra sem parar, sem olhar pra trás em momento algum, entendeu?

Petra não conseguia nem falar, apenas fez que sim com a cabeça e Yogus continuou:

— Vou dar um jeito nestes seres, mas segure sua curiosidade, não olhe pra trás de maneira alguma, entendeu? Caso contrário não poderei mais responder por sua segurança. Vá, minha menina, vá e acredite na voz do seu coração.

— Mas como posso acreditar num coração de pedra, Yogus? Ele não sente nada, não tem nada pra me dizer...

— Tem, sim, Petra, você acabou de sentir, acredite em você, apenas acredite, apenas sinta.

E Petra não conseguiu perguntar mais nada, porque não podia parar de correr e muito menos olhar para trás. Yogus tinha sido claro:

ela não poderia olhar para trás de modo algum. Uma pena, porque o que ela perdeu foi uma belíssima cena de um ser da luz, do potencial de Yogus, envolvendo todos aqueles seres grudentos, maltrapilhos e sombrios em uma luz da manhã do horizonte mais lindo que alguém poderia imaginar. E todos foram se transformando em pequeninas luzes, ainda bem fraquinhas, que ficariam ali até que conseguissem seguir outros caminhos.

E foi assim, ajudada por Yogus, que Petra chegou ao fim da estrada e avistou a Floresta do Medo. Bastava apenas atravessar um rio que ligava uma floresta à outra. E foi isso o que ela fez, e bem rápido, antes que mais alguma coisa acontecesse.

Primeira etapa vencida.

A Floresta do Medo

ETRA ENTROU NA FLORESTA DO MEDO SOZINHA, SEM saber o que a esperava pela frente, apenas com a lembrança do que Kyron havia dito: que nesta floresta ela iria se deparar com os seus medos mais profundos. Que medos seriam esses? Era isso que Petra mais temia descobrir. Já havia descoberto tantos, existiriam outros?

O que Petra não sabia era que estava sendo testada a cada momento. E que as florestas mudavam a cada segundo. Estranhos fenômenos podiam acontecer de uma hora para outra. Pessoas podiam surgir do nada, afinal eram florestas encantadas. Angelina havia desaparecido, e Petra nem sabia se ela apareceria novamente.

A Floresta do Medo não parecia apresentar nenhum temor. Era linda, ainda mais linda do que a Floresta da Escuridão era no início. E Petra começou a caminhar por entre as árvores, brincou com muitos bichinhos que apareceram em seu caminho, tudo parecia correr normalmente. Os animais estavam entendendo o que ela dizia, o sol brilhava no céu. Um pássaro pousou em seu ombro esquerdo, o mesmo que havia pousado em seu ombro quando ela decidiu começar sua jornada. Tury e Rayka estavam por perto, invisíveis, protegendo Petra e enviando as melhores energias.

Uma paz que Petra nunca havia sentido reinava naquele lugar. Ela chegou até a achar que nada de mal lhe aconteceria. Mas foi só virar a curva do caminho que começou a sentir uma dor na cabeça. Uma dor intensa, que parecia vir da testa, numa região localizada entre os olhos. E a dor aumentava a cada passo, até que Petra não conseguiu mais andar e caiu sentada em uma pedra. Abaixou a cabeça e começou a chorar. O que poderia ser aquilo? Era só o que pensava. Mas, de repente, sentiu uma mão tocar sua cabeça, levantando-a.

— É assim mesmo, Petra. Não se preocupe.

— É assim mesmo o quê?

— A dor. É assim que ela começa. Pode melhorar ou piorar, só depende de você.

— Mas que coisa mais chata, tudo só depende de mim, é?

— Sempre.

— Que coisa chata... mas quem é você?

— Letúnia.

— Não vai me dizer que é amiga do Kyron...

— Amiga exatamente não, pois vivemos em mundos diferentes, mas sei que ele é um centauro muito poderoso.

— Como vocês vivem em mundos diferentes se você está aqui no mesmo mundo que ele?

— Como você faz perguntas, menina! Eu não vivo neste mundo, eu vim a este mundo para dizer algumas coisas a você.

— E de onde você veio?

— De um lugar aonde você vai chegar um dia, mas, antes que me pergunte que lugar é esse, conto que é no além do céu.

— Ih... mais uma esquisita... Se você morasse em Nanatuthi eu ia deixar de ser a esquisita da cidade. Aliás, só você, não, você, Angelina e Kyron iam ganhar de mim fácil fácil. Iam virar os doidos da cidade.

— Pare de falar bobagens e preste bastante atenção no que vou dizer, Petra, porque só posso falar uma vez.

E Petra ficou quieta e olhou para Letúnia com um olhar de quem entendeu bem a seriedade do momento.

— Petra, raramente apareço para alguém nesta floresta, mas no seu caso há um motivo muito especial. Quando a dor surge neste pedaço do caminho, existe um porquê. Por algum motivo você foi escolhida. Talvez porque mereça, talvez porque precise. O fato é que tenho que explicar algumas coisas. Vou tentar fazer isso de uma maneira que você possa entender, está bem?

— Que bom! Finalmente alguém vai tentar me explicar alguma coisa de um jeito que eu entenda

— Este local onde sua cabeça está doendo é um local muito importante, que capta as vibrações dos pensamentos ou as vibrações espirituais.

O pensamento e a imaginação são muito poderosos, você vai entender isso um dia, mas, enquanto esse dia não chega, saiba que tudo que você pensa e imagina passa a existir em você. A escuridão é o medo que mora no seu coração. O seu coração se transformou num coração de pedra porque você não cuidou direito dos seus pensamentos e sentimentos. O coração precisa do espírito, Petra, de um espírito puro e leve para aprender a perdoar e viver feliz, você entendeu?

— Acho que não... — disse, meio desanimada.

— Esse local onde sua cabeça está doendo é o local que coordena o ritmo da sua vida, que te liga com o tempo em toda a sua dimensão e com o espaço.

— Agora eu não tô entendendo nada mesmo, desculpa...

— Na hora da dor o melhor a fazer é ficar em silêncio, para se inspirar e descobrir o que verdadeiramente é essencial. Nunca se esqueça disso.

Letúnia falou e simplesmente desapareceu. Petra ainda chamou por ela, mas foi em vão, ela não voltou. As perguntas e as dúvidas aumentaram ainda mais.

Acontece que a voz de Petra chamando por Letúnia acabou acordando um terrível monstro que vivia na Floresta do Medo, o terrível Nodonaba, que despertou de seu sono secular e grunhiu tão alto que a floresta inteira se modificou de um segundo para o outro.

Petra congelou de pavor ao ouvir aquele grunhido tão tenebroso. A floresta agora estava escura, ainda mais escura do que a Floresta da Escuridão. Pássaros estranhos e assustadores sobrevoavam a floresta, uivos de lobos eram ouvidos ao longe. A voz de Angelina parecia chamar por Petra, mas Angelina não estava por perto. Os dóceis animais desapareceram por completo, e Petra se viu sozinha, envolvida apenas pela escuridão e pelo medo.

Não tardou muito Nodonaba surgiu bem na sua frente, gritando:

— Foi você que ousou me acordar?

— Me... me... des... descul... desculpe, seu... eu na... não sa... sabia que o... o... se... senhor estava dormindo. — E Petra conseguiu terminar a frase.

— Como não sabia? Por acaso não sabe que moro aqui?

— Não, senhor...

— E nem sabe meu nome?

Petra não conseguiu falar nada, apenas balançar a cabeça de forma negativa.

— Meu nome é Nodonaba, e agora você é minha prisioneira. Vou devorá-la porque estou faminto.

Petra entrou em desespero. Tentou correr, mas não conseguiu sair do lugar. Pensou em Kyron, mas ele não apareceu, lembrou de Tury e Rayka, mas não ouviu nem um latido ao longe para contar a história. Nodonaba pegou-a em suas mãos e já ia engoli-la quando ela saiu dizendo em disparada:

— Eu tenho coração de pedra, meu gosto é horrível e o senhor vai passar mal.

— Eu adoro pedras, é meu prato predileto. — Nodonaba disse isso e engoliu Petra de uma bocada só.

Ao ser engolida, a única coisa que Petra conseguiu pensar foi que iria morrer. Mas, para sua surpresa, quando chegou à barriga de Nodonaba, estava viva e inteira, e ainda por cima deu de cara com Angelina. Petra não entendeu nada.

— Angelina!

— Petra! Que bom te ver novamente!

— O que você está fazendo aqui? Como veio parar na barriga deste monstro?

— Ih... É uma longa história, mas não podemos perder tempo com explicações sobre isso agora, não, porque eu preciso explicar como a gente pode sair daqui.

— E é possível sair daqui com vida?

— É, sim, Petra. Mas pra isso é preciso enfrentar o banco de memórias do medo, que é o que vim fazer aqui.

— Banco de memórias do medo???? O que é isso?

— É um banco de memórias que guarda todos os nossos medos. Todos mesmo, mas será preciso desvendá-los se quisermos sair com vida de dentro da barriga de Nodonaba. Estou tentando descobrir os meus, aliás, nem sei como você conseguiu parar no mesmo lugar que eu, pois já descobri que cada um tem seu próprio banco de memórias.

— Vai ver o nosso é parecido...

— É... pode ser... Então, tenta abrir uma dessas gavetas. Quando comecei havia outras pessoas nesta sala, mas depois que abri uma gaveta todas desapareceram.

E foi assim que Petra abriu a primeira gaveta, a que ficava na extrema esquerda do lado esquerdo da barriga de Nodonaba. Foi só Petra abrir a gavetinha que Angelina desapareceu, e ela se viu sozinha numa sala entupida de pequenas gavetas, parecia um imenso arquivo.

Petra chegou a achar graça daquele banco de memórias do medo. Com certeza, seria melhor enfrentar o tal banco de memórias do que ter morrido triturada por Nodonaba. O que ela não sabia era que ali estavam armazenados os temores ancestrais de cada pessoa, todos os medos adquiridos ao longo do além da vida, medos que ficam tatuados pelo lado de dentro.

Ao abrir a primeira gavetinha, Petra levou um susto imenso. Um filme passou bem diante de seus olhos, e ela viu novamente a cena do menino correndo, do lobo, do pai, mas desta vez a cena foi além. Ela viu o menino já sem respirar, deitado debaixo de uma árvore, o pai chorando, desesperado, ao lado do filho sem vida. Fechou rapidamente a gaveta, não queria ver mais nada, já tinha visto o suficiente, mas percebeu que uma luz saiu de seu corpo ao fechar a gaveta, uma luz esverdeada-escura. Abriu uma segunda gavetinha e novamente assistiu a outra cena que tinha visto quando caiu naquele buraco escuro na Floresta da Escuridão. A menina correndo, entrando no estábulo, mas desta vez ela também viu um pouco além, viu a menininha sair correndo, o vestidinho sujo, parecia ser sangue. Escutou a voz da mãe chamando pela menina e o pai dizendo *ela já vai, está terminando de se arrumar*.

Petra teve uma sensação horrível, uma quentura na alma, mais uma vez percebeu que ao fechar a gaveta uma luz saiu de seu corpo, agora uma luz arroxeada. E foi assim, abrindo uma gaveta após a outra, que viu a mesma velhinha diante do mar, sozinha. Depois viu seu pai partir, deixando sua mãe em um lugar onde ela nunca tinha estado antes. E se viu sozinha no meio de uma floresta, ela bem pequeninha, com uma roupa muito diferente de tudo que conhecia até então. E foram várias gavetas abertas. Em cada uma, uma sensação e uma dor. A dor da perda da mãe, a dor do silêncio do pai, de sua severidade. A dor do abandono.

O curioso era que cada vez que ela fechava uma gaveta uma luz saía de seu corpo. A luz mais amedrontadora saiu quando ela sentiu a dor do abandono. Era uma luz escura, mas de um escuro estranho, meio azul-cobalto, meio cinza-chumbo. Petra conseguiu abrir e fechar todas as outras gavetas, menos a gaveta do abandono, essa ficou aberta. E lá de dentro vinham gritos de uma dor profunda, saídos do fundo da alma, gritos e um choro muito doído, de cortar o coração. Petra sentiu que o choro profundo e os gritos eram dela. Não sabia explicar como, mas sentiu, apenas sentiu. E nesse momento seu coração doeu muito forte. Foi então que Petra viu que ainda faltava abrir uma última gaveta. Petra ficou com muito medo. Não aguentava mais sentir dor e tristeza, mas era preciso coragem para abrir a última gaveta. Angelina tinha sido clara. Para tentar sair da barriga de Nodonaba seria preciso enfrentar todo o banco de memórias do medo.

Petra respirou fundo e puxou a gaveta bem devagarzinho. Quando abriu toda a gaveta, teve uma enorme surpresa. O banco de memórias do medo guardava a memória do dia de seu nascimento. Petra achou estranho, por que o dia de seu nascimento estava registrado como um dia de medo e temor? Foi quando viu uma luz clarinha saindo da gaveta e a envolvendo. A luz clarinha envolveu todas as outras cores que ainda estavam ao redor de Petra, pois todas as luzes anteriores tinham ficado ali o tempo todo, cobrindo-a por completo. Essa luz foi se misturando às outras luzes e virando uma cor só, uma luz dourada clarinha, que foi envolvendo o dia do nascimento de Petra e tirando o medo que ainda estava ali, gravado naquele dia. E Petra viu a Petra bebê sendo embalada pela mãe, que lhe sorria e dizia *não tenha medo, filhinha, você será muito feliz desta vez, não tenha medo de perder o amor, minha querida, quem tem medo de perder o amor não permite que o amor entre em seu coração...* Ela foi ficando tão feliz, mas tão feliz, mas tão feliz, que até esqueceu que estava na barriga de Nodonaba e deu um sorriso largo e alegre. Um sorriso que saiu das profundezas de sua alma. E foi bem nessa hora que a barriga de Nodonaba começou a revirar, mas a revirar muito, mas muito mesmo, e Petra começou a revirar junto, e os medos também foram revirando e embaralhando. Até que Nodonaba passou mal e vomitou Petra, que saiu lá de dentro inteirinha. Quando chegou do lado de fora estava muito assustada com o acontecido.

Agora era preciso sair da Floresta do Medo. Mas ela não sabia como. Foi quando se lembrou que Angelina ainda devia estar lá dentro.

— Angelina!!! Angelina!!! Onde você está?

Mas ninguém respondeu. Angelina não estava por perto. Petra então resolveu chamar seus amigos:

— Kyron!!! Por favor, apareça!!!... Rayka!!!... Tury!!!... Alguém pode me escutar, por favor!!! Não sei o que fazer nem pra onde ir. Kyron!!! Eu preciso de você, não me abandone!!!

Petra chamava um por um, até que alguém falou alguma coisa.

— Por que você ainda duvida do amor das pessoas, Petra? Kyron não pode vir agora, mas está com você, em pensamento, enviando boas vibrações e inspirações para que você não desista de nada.

— Quem é você? Como sabe meu nome? Hum... já sei, deve ser amigo de Kyron, deve ser da turma dos esquisitos que sabem tudo sobre a minha vida, mas não podem me contar nada.

— Se você já sabe, por que pergunta? Por que duvida tanto da sua própria capacidade de agir por si só?

— Eu não duvido...

— Tem certeza que não?

Ficou um silêncio no ar, como se Petra estivesse pensando, até que ela falou:

— Quem é você? Queria saber, pelo menos, seu nome.

— Me chamo Akynauê. Sou o senhor das mensagens. Vivo no tempo que passou e no tempo que virá, mas no momento estou apenas no aqui e agora para lhe dizer algumas coisas. Está pronta para ouvir?

— Estou. Não entendi muito essa história aí que você falou de tempo, não, mas já sei que não tenho muitas opções por aqui a não ser deixar que as coisas aconteçam e tentar entender o que elas querem me dizer. Nem sei o que fazer agora, porque Kyron sumiu. Angelina pelo visto ainda está na barriga de Nodonaba; até os animais andam desaparecidos.

— Angelina já saiu da barriga de Nodonaba, Petra, e pede que eu agradeça a você por tudo.

— Agradecer por tudo o quê?

— Por tudo que você está fazendo por vocês.

— Mas o que estou fazendo por mim e por ela? Não entendo...

— Vai entender, não se preocupe.

Petra não disse nada, estava aprendendo a ficar quieta quando não entendia alguma coisa. Akynauê continuou:

— Tury e Rayka estão preparando tudo para sua chegada. Afinal, eles não duvidam que você conseguirá chegar até o local onde eles moram. E pediram para avisar que estão sempre por perto.

— Como podem estar por perto se estão longe?

— Estando, simplesmente estando. Mas, continuando: a mensagem mais importante que trago para você precisa ser escrita em sua pele e com uma caneta invisível. Para ler, você precisará aprender a ler o invisível.

— Ah, essa não!! Aí já é demais!!!! Escrever na minha pele com uma caneta invisível!!! Não dá pra facilitar a minha vida e escrever com uma caneta comum, pelo menos?

— Não, Petra, isso seria dificultar a sua vida.

— Ah, sim, claro! Vai facilitar muito escrever com uma caneta invisível... Vocês são ótimos, pra não dizer o contrário.

— Petra, quando é que você vai entender que está fazendo uma travessia? As coisas aqui têm outra lógica, bem diferente daquela a que você estava acostumada em Nanatuthi.

Petra ficou em silêncio por alguns instantes até que Akynauê voltou a falar:

— Então? Posso escrever a mensagem?

— Poder, pode, mas não vai servir pra nada mesmo, não sei ler o invisível... — disse Petra, bem descrente.

— Vai saber um dia!

Akynauê começou a escrever algo na pele do braço esquerdo de Petra, que não via nada que ele estava escrevendo, mas sentia uma dor fininha, como se algo estivesse realmente sendo tatuado em sua pele. Foi tudo muito rápido. Petra não teve tempo nem de fugir, caso desejasse, mas no fundo estava se entregando a tudo aquilo, mesmo que ainda não pudesse compreender.

— Pronto! Está feito. Agora siga a primeira intuição que lhe vier à mente que você conseguirá sair da Floresta do Medo.

— Mas co...?

Petra nem teve tempo de terminar a palavra. Akynauê já havia desaparecido no tempo e no espaço. Ela ficou sem saber o que pensar ou fazer. Olhou para o braço e não enxergava absolutamente nada. Nem uma palavra sequer para lhe dar uma pista. Até que notou que aquele mesmo pássaro do início da jornada estava voando bem pertinho dela e resolveu segui-lo. Não se sabe por que ele começou a voar baixinho, como se indicasse um caminho. Seguiram assim por alguns minutos, até que, de repente, o pássaro rodopiou no ar e caiu morto. Petra não entendeu absolutamente nada. Por que o pássaro havia morrido assim, do nada? O que aquilo queria dizer? Ela pegou o pássaro nas mãos e chorou. Não gostava de ver nenhum animal sofrer, muito menos morrer, até porque lidar com a perda era algo muito complicado para Petra. Ao mesmo tempo ela não tinha coragem de deixá-lo ali, caído sozinho, precisava enterrá-lo. Justo naquele instante ouviu uma voz dizendo: *Não tenha medo, Petra, continue. Enterre o pássaro e continue seu caminho. Não tema.*

Petra enterrou o pássaro e continuou pela estrada. Escutou latidos ao longe. Escutou barulhos de floresta. Até que ouviu um pensamento vindo bem de dentro de seu coração: *virou pedra para que você possa aprender a remoldá-lo e fazê-lo renascer com uma nova luz.* Petra ficou parada tentando decifrar aquele enigma que surgia do nada.

Uma calma nunca antes sentida tomou conta de seu coração. Ela fechou os olhos e se deixou envolver por aquela sensação. Parecia até que os medos tinham adormecido. A imagem que ela tinha visto do banco de memórias do medo, de sua mãe com ela bebê no colo, voltou à sua mente, e Petra se deixou embalar por aquele abraço gostoso não se sabe por quanto tempo. Quando abriu os olhos, estava no fim da estrada onde havia uma seta indicando a saída da Floresta do Medo. Seguiu aquele caminho com a certeza de que encontraria a saída. Não duvidou um só instante do que estava escrito da seta. Caminhou, caminhou, passou por árvores imensas, ouviu uivos ao longe, mas nada a deteve, caminhou com passos firmes. Quando chegou ao fim da Floresta do Medo, avistou um rio e do outro lado uma floresta. Certamente era a Floresta Enigmática.

Antes de sair da Floresta do Medo, Petra olhou o braço e viu que quatro palavras tinham ficado visíveis: medo, abandono, perda e certeza. Ela sorriu e continuou o seu caminho. Quando estava atravessando o rio que separava as duas florestas, uma flecha cruzou o seu caminho apontando a direção a seguir. Era Kyron, que estava por perto mesmo sem aparecer. Ela tinha certeza!

E foi assim que Petra deixou a Floresta do Medo e entrou na Floresta Enigmática. Pena que ela não olhou para trás. A Floresta do Medo estava envolvida por uma luminosidade indescritível. Coisa rara de acontecer. E um dos raios daquela luz seguiu Petra até entrar por sua cabeça e descer para o seu coração. Aliás, pensando bem, foi melhor assim: ela não ficou sabendo do encantamento da luz e seguiu o seu caminho mais leve, mais despreocupada.

Enquanto isso, em Nanatuthi

SENHOR NAUM ESTAVA EM CASA, SENTADO EM SUA cadeira de balanço, pensativo. A atmosfera da casa não era das melhores. Sombria, janelas fechadas, nenhuma luz acesa, a não ser a da varanda. Curioso era que em volta do senhor Naum havia sombras estranhas pairando sobre sua cabeça, como se estivessem lendo seus pensamentos. E, cada vez que aquelas estranhas sombras pareciam entrar em sua mente, o senhor Naum ficava com o rosto mais carrancudo e resmungava algumas palavras.

Nas casas ao lado, a vida parecia correr tranquilamente. Nanatuthi parecia a mesma cidade de sempre. Os mesmos moradores, os mesmos animais, as mesmas casas, a mesma rotina se repetindo dia após dia. Era como se absolutamente nada tivesse se modificado em Nanatuthi desde a saída de Petra. Como se a cidade estivesse parada no tempo e no espaço das coisas de sempre. Como se ninguém tivesse notado a ausência de Petra. A única coisa diferente era que havia luz e fumaça saindo da chaminé da casa de dona Agostina. O curioso era que a fumaça que saía da chaminé da casa de dona Agostina era muito diferente. Parecia uma fumaça de luz, bem clarinha. Linda que só! Diferente mesmo! E ela estava lá, sentada na varanda fazendo umas anotações em um caderninho. Parecia feliz.

Mas voltemos a Petra e à Floresta Enigmática, a mais perigosa de todas, porque, como o próprio nome diz, ela é um enigma e ninguém sabe ao certo o que acontece por lá. Afinal, ela é muito mais encantada e poderosa do que as anteriores.

A Floresta Enigmática

ETRA ENTROU NA FLORESTA ENIGMÁTICA SEGUINDO a flecha lançada por Kyron. Uma alegria repentina tomou conta de seu coração. E ela sentiu uma vontade imensa de conversar com alguém. Mas estava sozinha e precisava continuar o seu caminho. Precisava chegar até o Portal Encantado.

Assim que entrou na floresta percebeu que esta era muito diferente das anteriores. Também era linda, mas havia algo estranho no ar. Uma sensação de que nada ali era real, mas ao mesmo tempo uma sensação de que tudo era muito mais real do que sua própria vida. Mas, como Kyron havia dito que a Floresta Enigmática era um enigma, Petra nem estranhou e continuou a andar.

Um sol forte brilhava no céu e em Petra. Curioso era que ela nem estava pensando no pai e nos problemas que tinham ficado para trás. Era como se o tempo e o espaço de Nanatuthi estivessem em algum lugar diferente, em outra dimensão talvez.

Petra andou por muito tempo, encontrou diversos animais, parou, conversou com cada um, exalou toda sua alegria e felicidade, algo raro para ela, que vivia escondendo seus sentimentos. Mas naquele instante ela parecia feliz. Estava sentada debaixo de uma figueira, rodeada de animais de todos os tipos que a escutavam com uma atenção incrível. E ela contou tudo que tinha visto e vivido nas florestas anteriores. Ali todos os animais falavam como se fossem gente. Uns fizeram perguntas a Petra sobre as florestas, querendo entender por que elas mudavam assim tão de repente, outros falavam ao mesmo tempo, até que um cachorro mais velho pediu a palavra.

— Sabe, Petra, se todos os animais pudessem se comunicar com seus donos, assim como podemos fazer com você, as coisas seriam mais simples, pois poderíamos dizer que nem sempre eles estão certos. Veja os cães de Nanatuthi.

— Mas como você sabe sobre os cães da minha cidade morando aqui tão longe?

— Você esqueceu que está na Floresta Enigmática?

Petra nem respondeu e o cachorro continuou.

— Os cães de Nanatuthi vivem presos, apenas alguns têm liberdade. Alguns gostam disso, outros não, assim como as pessoas. Mas como não podemos falar com os humanos, eles supõem que o amor que nos dão é o melhor, mas nem sempre é. Amor demais sufoca, Petra. Animais e humanos precisam de amor e liberdade na medida certa, entende? Precisam aprender a seguir o ciclo da vida, o ciclo que começa com o nascimento, passa pelo viver e chega ao fim com a morte, para que tudo possa recomeçar.

— Com assim recomeçar?

— Como você recomeçou sendo Petra.

— Ih, não entendi nada agora.

— Vai entender. Um dia você vai entender.

— Ah! Chega!!! Eu estava tão feliz, curtindo essa alegria toda, e você me vem com essa conversa de que um dia eu vou entender, um dia eu vou saber, um dia isso, um dia aquilo, que coisa chata!!! Não aguento mais essa falação!!!

Petra abaixou a cabeça colocando as mãos nos ouvidos, como se os tapasse para não ouvir mais nada. Ficou assim durante alguns instantes até que a raiva diminuiu um pouquinho e ela levantou a cabeça, queria fazer uma pergunta ao cão, tentar entender aquela história de amor e liberdade, já que não tinha entendido nada. Mas, para sua surpresa, quando abriu os olhos não havia ninguém ao seu lado. Nenhum animalzinho para contar história. Nem aquele sol lindo que brilhava até então estava mais por ali. O céu se achava repleto de nuvens escuras, nuvens de chuva. Raios e trovões podiam ser vistos e ouvidos ao longe. Até que foram ficando mais perto, e as nuvens foram aumentando e se aproximando do chão. De repente, toda a floresta virou um imenso céu de nuvens grossas, escuras e espessas.

Petra levantou e começou a tentar andar por dentro das nuvens, mas era muito difícil, pois elas eram pesadas. Era preciso fazer um esforço incrível. E, para piorar a situação, uivos e gritos começaram a ser ouvidos ao longe, mas foram chegando cada vez mais perto de Petra, que começou a chorar e a ficar com muito medo, muito medo mesmo. Ficou paralisada de medo. Mas ao mesmo tempo muito irritada com tudo aquilo que estava acontecendo. Até que uma mão gélida a pegou pelas costas e a agarrou, prendendo-a entre seus braços.

— O que fazes em meu reino?

Coitada de Petra. Estava com tanto medo que nem conseguia falar. Até que o monstro repetiu:

— O que fazes em meu reino? Estás surda?

— Nã... nã... não... me des... cul... pe, não sa... bia que aqui era o seu rei... no... — disse Petra, gaguejando de tanto pavor.

— Como não sabias que aqui é o reino de Aviar, o monstro mais poderoso de toda esta floresta? E sabes o que faço com quem invade o meu reino?

— Na... nã... não senhor... — disse Petra bem baixinho, com apenas um fiozinho de voz.

— Eu aprisiono para todo o sempre.

— Mas não posso ficar aqui para todo o sempre, senhor Aviar, eu preciso chegar ao Portal Encantado.

— Hahahahahaha!! Tu és mais uma dessas pessoas que desejam chegar ao Portal Encantado? Pobrezinha...

— Por que pobrezinha?

— Porque nunca deixei ninguém sair de meu reino.

— Mas Kyron me contou que algumas pessoas chegaram ao final da travessia.

— Tolinha! Acreditaste em Kyron? Aquele velho centauro enganador que te traiu? Foste apenas mais uma menina boba que ele trouxe para mim. Kyron também é meu prisioneiro, faz tudo para me agradar porque prometi a liberdade a ele. Vê só onde ele está agora.

— Está no além da vida, ele me contou.

— E acreditaste que existe esse lugar? Por acaso sabes onde fica esse além da vida, menina tola?

— Não. — E começou a chorar.

E Aviar abriu uma tela gigantesca bem em frente aos olhos de Petra, que pôde ver Kyron aprisionado entre as nuvens. Como Aviar era muito poderoso e conseguia o que quisesse, fez o tempo voltar e permitiu que Petra escutasse uma conversa.

— Traga mais uma menina para mim, Kyron, mais uma dessas tolinhas que encontras por aí. De preferência uma dessas que se sentem abandonadas, porque são as mais fáceis de enganar e fazê-las acreditar nessa travessia ridícula.

— Sim, senhor Aviar, o mais poderoso de todos os reinos dos seres encantados.

E a tela se fechou, e Petra começou a chorar sentindo-se novamente desesperada e abandonada. Aliás, mais do que isso, sentindo-se totalmente traída. Aviar a abraçou dizendo que a partir daquele momento ela só tinha a ele, e, se quisesse se manter viva, deveria obedecer-lhe a qualquer custo, sem questionar nada, sem fazer perguntas.

Petra sentiu uma raiva imensa de tudo e de todos. Kyron havia traído sua confiança e agora nada mais fazia sentido. Ela tinha partido de Nanatuthi, deixado seu pai e sua história para trás, aceitado enfrentar uma travessia dura e difícil, acreditando que ao fim encontraria respostas para suas perguntas e seu coração de pedra voltaria a ser um coração normal, mas nada disso era verdade. Agora estava aprisionada por Aviar, que se dizia o mais poderoso da floresta, um monstro frio e cruel. Estava fadada a não mais poder perguntar nada por toda a sua vida e sequer sabia o que iria acontecer.

Aviar disse que ela poderia andar solta por seu reino, mas que se fizesse qualquer besteira iria aprisioná-la na masmorra de seu castelo.

— E não adianta tentares me enganar. Posso ver tudo e todos em qualquer lugar. Meu poder é muito maior do que podes imaginar.

E foi assim, arrasada, chorando, se sentindo traída e descrente de tudo, que Petra começou a vagar. Aviar havia dissipado as nuvens espessas, e anoitecia na floresta. Petra avistou uma casa e uma luz ao longe. Sem saber o que fazer, seguiu sua intuição e caminhou na direção da luz. Foi andando, chorando, maldizendo tudo e todos. Kyron, Rayka, Tury, Angelina, dona Agostina, os animais, seu pai. Tudo. Absolutamente tudo. Nem os seres de luz que a tinham ajudado em seu caminho até aquele momento foram poupados de sua ira. Ela estava ficando cega de tanta raiva. E a raiva foi crescendo dentro dela de tal maneira que, antes mesmo de chegar até a casa iluminada, se deu conta de que não conseguia enxergar mais nem um palmo a sua frente. Estava cega.

Ficou assim por dias e dias, vagando pelo reino de Aviar, sem falar com ninguém, sem sentir fome ou sede, apenas sono, muito sono. Não saberia nem precisar quantos dias, ou quem sabe quantas semanas, meses ou anos, Petra vagou desta maneira. Na Floresta Enigmática o tempo não existe como em Nanatuthi. Nessa floresta o tempo é ditado pelas emoções.

Petra não aguentava mais vaguear e lutar contra tudo e todos que apareciam em seu caminho. E não foram poucos os monstros que a assombraram durante esse tempo: fantasmas, sombras, seres maltrapilhos, seres belos, que de repente se transformavam em seres horripilantes, animais ferozes querendo devorá-la, uma infinidade deles. Aviar não aparecia, mas Petra sentia que ele estava com ela em todos os momentos. Parecia estar grudado em seu coração.

Um dia, cansada de lutar contra tudo e todos, ela sentou debaixo de uma árvore e começou a chorar. Um choro tão doído, tão sentido, vindo das profundezas de sua alma, que nem percebeu quando alguém sentou-se ao seu lado e colocou a mão sobre seus olhos e seu coração, mas sem encostá-la, e ficou assim durante muito tempo. Então o choro foi diminuindo, diminuindo, até parar por completo.

— Está melhor?

— Quem está aí? Quem é você? O que vai fazer comigo?

— Calma, Petra! (e Petra nem estranhava mais quando alguém dizia seu nome) Não vou machucar você. Meu nome é Taurus e sou amigo.

— Amigo de quem?

— De todos que precisam. E estou aqui para ajudar.

— Mas eu não preciso de você, não preciso de ninguém.

— Precisa, sim. Todos nós precisamos de alguém.

— Não preciso, já avisei, vai embora.

— Não vou desistir de ajudar você.

— Vai gastar seu tempo...

— Tenho todo o tempo do mundo, aliás, tenho todo o tempo da eternidade e do além da vida.

— O que você sabe sobre o além da vida?

— Muita coisa, porém o mais importante é que sei que você precisa voltar a confiar em seus amigos para poder sair daqui.

— Meus amigos??!! Todos em quem confiei me traíram e me enganaram.

— Todos quem?

— O pior de todos foi Kyron, que me entregou para Aviar, me enganou dizendo que a travessia iria me ajudar e só me trouxe sofrimento.

— Tem certeza? Tem certeza que só trouxe sofrimento, Petra?

— Tenho.

— Por que você tem tanta certeza?

— Porque estou sofrendo abandonada.

— Porque quer.

— Porque quero?! Ah, isso foi demais, agora a culpa é minha? Tá bem...

— Não existe culpa, menina, o sofrimento mora no coração. E Aviar é bom em fazer esse sofrimento aumentar a cada dia se você não conseguir se livrar deste reino maligno e avassalador. Vamos, segure minha mão, vou ajudá-la a sair daqui.

— Como vou saber se posso confiar em você? Que você não é mais um que vai me enganar?

— Você vai precisar confiar em mim. Está sem visão, aprisionada por Aviar e totalmente perdida. Ou confia em mim ou fica aqui perdida para todo o sempre. Você é quem decide.

No desespero, e com muito receio de ficar abandonada para sempre, Petra segurou na mão de Taurus que a levou para sua casa. Exatamente aquela que tinha uma luz e para onde Petra estava se encaminhando quando ficou cega.

Taurus cuidou de Petra durante muitos dias. Alimentou-a cuidadosamente, pois do jeito que ela estava magrinha nem seu pai a reconheceria. Colocou-a para dormir todas as noites contando-lhe histórias recheadas de esperança. E, enquanto ela dormia, Taurus impunha suas mãos sobre a menina e de suas mãos saíam luzes tão lindas! Luzes que não existiam em Nanatuthi. A cada dia Petra parecia ganhar uma nova cor, uma nova energia.

Muito tempo se passou. Aviar estava sumido, parecia não se importar mais com Petra, que um dia perguntou a Taurus por onde o monstro andaria. O bondoso amigo explicou que Aviar tinha esse estranho poder, de aparecer e desaparecer, mas que Petra não deveria se preocupar, porque ele estava ali para defendê-la e ajudá-la. Ele não deixaria Aviar chegar perto dela, não por enquanto. E, passados oito meses, Taurus acordou a amiga com uma surpresa.

— Petra! Acorde, Petra. Você já está pronta.

— Pronta pra que, Taurus?

— Para continuar sua jornada, minha menina.

Em seguida, impôs suas mãos sobre os olhos de Petra, que ainda continuava sem enxergar. Ficou assim durante alguns instantes, até que falou:

— Abra os olhos, Petra.

— De que adianta abrir os olhos? Não consigo enxergar nada mesmo.

— Não tenha medo. Abra. Confie em mim.

— Mas, Taurus...

— Confie, Petra. Por acaso eu lhe fiz algum mal durante todo este tempo?

— Não.

— Então! Confie. É preciso confiar e acreditar que pode ser diferente. Só depende de você.

Petra abriu os olhos. E qual não foi sua surpresa quando viu que estava enxergando novamente. Ficou tão feliz, mas tão feliz, que abraçou Taurus como nunca tinha abraçado alguém em toda a sua vida, exceto sua mãe.

— Você já está pronta, minha menina, a partir de agora precisará voltar para sua jornada, vou levá-la até o final do reino de Aviar. Mas saiba que nada será fácil, você ainda está na Floresta Enigmática e será preciso forças para não sucumbir novamente.

— Sucum o quê?

— Sucumbir. Não se deixar abater, não ceder às forças do mal e das trevas. Mas vamos, você ainda tem muito caminho pela frente.

— Taurus.

— O que foi?

— E Kyron? O que aconteceu com ele?

— O que você acha?

— Não sei mais o que pensar...

— Então será preciso, mas não adianta eu lhe dizer a verdade, porque a verdade só existe a partir daquilo que acreditamos ser a verdade. Antes você acreditava que Kyron era seu amigo, depois passou a acreditar que ele era seu maior inimigo, aliado de Aviar, agora será preciso descobrir quem ele é, mas só você tem essa resposta, Petra. Não adianta eu lhe dizer a minha verdade, você terá que descobrir por si só e ouvir a voz do seu coração caso realmente queira encontrar suas respostas.

— Mas meu coração é de pedra, Taurus. Ele é sem vida.

— Nada que está no mundo é sem vida, Petra. Seu coração apenas vive endurecido. Mas lembre-se: as pedras podem ser remodeladas. Não vê os lindos trabalhos que fazem os escultores? Eles modelam um pedaço frio de pedra e colocam sentimentos e emoções. Eles dão vida ao que antes parecia estar morto, mas não estava. Existia ali apenas outro estado. Mas entenda, Petra, as pedras podem ser modeladas e renascer com uma nova luz, como você.

— Eu já ouvi isso antes, quando estava saindo da Floresta do Medo.

— Então, mais um motivo para não duvidar, não temer absolutamente mais nada e fazer o que precisa ser feito o quanto antes. Há muito tempo você vem tentando, não há mais tempo a perder.

Petra nem ousou perguntar por que e nem tentou entender o que Taurus queria lhe dizer com aquilo. Apenas pediu:

— Me ajude então, Taurus, não sei como sair desta floresta e quero voltar para minha casa. Nem sei há quanto tempo estou aqui, como está meu pai, minha cidade...

— Não se preocupe com isso, Petra. Estamos no tempo que é além do tempo que você pode entender. Você só precisa acreditar em você, na sua travessia, e sair daqui. Mas vamos, chega de falação. A hora é essa.

E Taurus levou Petra até o alto de um morro que ficava nos fundos de sua casa. Enquanto subiam, Taurus abraçou Petra, que se permitiu ser abraçada. Ao chegarem, ele fez as últimas recomendações.

— Preste bastante atenção, porque só vou falar uma única vez.

Petra balançou a cabeça de forma afirmativa.

— Chegamos ao final do reino de Aviar, mas não se esqueça, ele é muito poderoso e pode te capturar a qualquer momento e em qualquer lugar. Não permita nunca mais que ele te capture.

— Mas como vou conseguir isso?

— Aviar só poderá encontrá-la se você permitir, se você continuar brigando com seus sentimentos. Siga seus instintos, eles serão como as flechas lançadas por Kyron e apontarão o melhor caminho a seguir. O que você terá que enfrentar a partir de agora talvez seja a prova mais dura e difícil de toda a jornada. Se você conseguir passar por esta etapa, tudo ficará mais fácil; caso contrário, poderá ficar aprisionada aqui na Floresta Enigmática por muito tempo.

— Mas que prova é essa, Taurus?

— A prova da verdade.

— Mas você não disse que não existe uma verdade única?

— Disse, mas você terá que enfrentar a prova da sua verdade, da sua vida, da sua história. Sem isso não conseguirá chegar à Montanha Mágica. Mas agora vá, minha menina, não posso falar mais nada. Já falei demais. Se o senhor do tempo souber que contei tanta coisa para você talvez me puna por ter tentado protegê-la além da necessidade. Mas eu não me arrependo, meninas como você, que chegam aqui castigadas pelo medo de...

— Medo de que, Taurus?

— Perdoe-me, Petra, já falei demais, não posso falar mais nada. Vá! Vá ao encontro de você mesma.

Taurus disse essa última frase, abraçou Petra bem forte, lhe deu um beijo na cabeça e simplesmente desapareceu. O que Petra não viu foi que, ao ficar invisível, o amigo colocou suas mãos sobre sua cabeça, enviando-lhe uma energia renovadora.

E, assim, Petra seguiu seu caminho sem saber o que a aguardava. Seria mesmo Kyron amigo? Ou inimigo? Não quis pensar em nada naquele instante, apenas desceu o morro. E para sua surpresa mais uma palavra ficou visível em seu braço: perdão. Petra ainda não conseguia entender por que as palavras iam aparecendo assim, aos poucos, afinal, ela nem sabia ler o invisível... mas não tentou entender.

Quando terminou a descida, percebeu que não fazia sol, o dia estava nublado, mas tudo parecia tranquilo. Continuou caminhando até adentrar em uma parte densa da floresta, mais fechada, e por isso mesmo mais escura. De repente deparou com milhares de espelhos imensos. Ficou tão feliz em poder se ver! Fazia quanto tempo não via sua imagem? Ficou surpresa, porque ela parecia estar mais velha, mas seu tamanho ainda era o mesmo. Estava se olhando quando os espelhos ganharam vida. Todos. De cada um vinha um grito, um choro, uma risada, uma música.

Em seguida, uma mulher lindíssima surgiu bem na frente de Petra e sua voz forte ecoou por toda a floresta:

— Sou a senhora das horas e controlo o tempo de todos. Se desejar passar por aqui e sair com vida, deverá enfrentar todos os espelhos. São os espelhos dos tempos do além da vida. Meu nome é Etrom e estarei por aqui para me certificar de que você não fugirá, pois se tentar fugir sem enfrentar todos os espelhos, eu te envolverei de tal maneira que será seu fim.

— Mas o que devo fazer? — perguntou Petra, assustada.

— Olhar para cada um desses espelhos.

— Mas o que vai acontecer?

— Olhe, apenas olhe que você saberá.

Cada espelho era um desafio, porque todos eram mágicos e repletos de encantamentos. Cada vez que ela ficava diante de um espelho via cenas inteiras e não apenas a sua imagem. Em cada um havia uma história sendo contada.

No primeiro espelho, encontrou novamente o homem correndo atrás da menininha. Os dois entravam no estábulo. Mas desta vez viu que uma sombra acompanhava o homem aonde quer que ele fosse. Uma sombra aterrorizante o envolvia por completo, controlando seus pensamentos de forma estranha, como ela nunca tinha visto antes. E de dentro do estábulo vinha um choro abafado, de criança. Quando menos esperava, uma mão saiu do espelho tentando agarrá-la.

Petra tentou sair correndo, mas não conseguiu, foi puxada para dentro do espelho e viu a menininha chorando, a mãe chorando, o pai rindo. A mãe caminhava até Petra e lhe pedia desculpas por ter sido fraca e não ter feito nada. Petra não entendeu nada, mas não teve tempo de fazer qualquer pergunta, porque foi transportada para outro espelho de um segundo para outro.

Nesse outro espelho, ela encontrou novamente aquele pai chorando pelo filho que não conseguiu salvar, mas desta vez também viu o lobo que fugiu sem que o pobre pai conseguisse pegá-lo e dar um fim a ele. Chegou a sentir o bafo do lobo, que rodeou Petra sem que ela esperasse. Por sorte, ela conseguiu sair correndo de dentro do espelho, mas teve medo que o lobo saltasse para a floresta atrás dela. Felizmente o lobo não conseguiu.

Petra então caminhou até o espelho seguinte e viu uma menininha num orfanato, chorando sozinha no meio da madrugada. E o choro era tão sofrido, mas tão sofrido, que Petra chegou a sentir uma pontada de dor em seu coração. Por livre e espontânea vontade entrou no espelho e abraçou a menininha por um longo tempo, sem nada falar, depois deu um beijo em sua testa e voltou para a floresta.

Em outro espelho viu um homem deixando sua casa num tempo muito antigo, ia embora brigando com o pai, discutindo com a mãe, que chorava sem parar. O pai permitiu que ele partisse sem fazer nada para detê-lo. Luzes estranhas envolviam toda a casa. De repente, as luzes saíram do espelho e envolveram todo o corpo de Petra, que não entendeu nada, mas ficou quieta, esperando para ver o que iria acontecer. Mas não aconteceu mais nada, as luzes se foram da mesma maneira que chegaram, deixando apenas um aperto no coração de Petra.

Na sequência, viu uma senhora muito velhinha sentada na beira do mar. A senhora estava serena e calma. O cheiro do mar saiu de dentro do espelho e invadiu toda a floresta. Petra respirou bem fundo, o cheiro do mar revigorou suas forças.

Depois viu uma menina nascer feliz e crescer ainda mais feliz, mesmo morando em uma casa muito pobre onde tudo faltava. Alguns cães rodeavam a casa, e um menino pequeno chorava muito ao longe. Petra sentiu tanta pena do menino, quis abraçá-lo, mas desta vez não conseguiu entrar no espelho. Apenas acenou e mandou um beijo para ele, que, mesmo de longe, esboçou um leve sorriso.

Petra não estava entendendo quem eram aquelas pessoas. O mais curioso era que ela se sentia fazendo parte de cada uma daquelas histórias. Era como se ali não existisse nem tempo nem espaço e tudo pudesse acontecer. Uma vida inteira passava como numa fração de segundo bem diante de seus olhos.

De repente ela teve a sensação de ter sido sugada por todos os espelhos ao mesmo tempo, e todas as imagens começaram a girar. O que presenciou fugia a todo e qualquer entendimento. Os rostos de todas as pessoas envolvidas naquelas cenas trocavam de lugar. E o que mais a deixou confusa foi que em meio a esses rostos, ela reconhecia olhares bem familiares: o seu próprio, o de seu pai, de sua mãe, de Angelina, de dona Agostina. Cada hora um rosto aparecia em uma pessoa de uma cena. Ora com luz, ora com sombras. Era como se todos tivessem participado de todas aquelas estranhas cenas que, de uma maneira ou de outra, a vinham acompanhando desde a Floresta da Escuridão.

A cada floresta, cada história se revelava um pouco mais. A cada prova imposta, coisas dolorosas eram sentidas em seu coração. Até que todas as imagens começaram a se misturar em uma velocidade tão grande, que ela não sabia mais quem era quem. Tudo girou de forma tão intensa, mas tão intensa, que Petra não aguentou mais e se entregou. Girou até cair no chão, exausta.

Quando teve coragem de abrir os olhos, viu que os espelhos tinham desaparecido, ficando apenas um. E seria preciso enfrentá-lo caso quisesse sair dali. Etrom havia sido bem clara. Então, mesmo sem forças, Petra caminhou devagarzinho até o espelho, com receio do que poderia ver. Foi chegando de mansinho, olhando meio de rabo de olho, mas viu que o espelho apenas refletia sua imagem. Apenas ela. E Petra ficou ali, parada, encarando sua imagem. Enquanto se observava, algo começou a ser escrito no espelho em letras vermelhas:

"Não adianta ver apenas com os olhos, é preciso ver com o coração. É preciso entender as pessoas. As dúvidas existem para que aprendamos a rezar para Deus. Para ser é preciso ousar."

Petra leu as frases grafadas no espelho, e, em vez de ficar querendo entender, apenas sentiu. Fechou os olhos e ficou lembrando tudo pelo que tinha passado até chegar ali. Bem nessa hora sentiu uma saudade imensa de Kyron e desejou que ele estivesse com ela. Queria contar a ele tudo que tinha vivido, queria pedir desculpas por ter duvidado de sua lealdade. E foi só pensar em Kyron que ele apareceu bem diante de seus olhos.

— Parabéns, Petra. Você conseguiu.

— Kyron!!!! — E Petra o abraçou de forma tão intensa que ele chegou a se emocionar.

— Minha querida Petra, que bom que você voltou a acreditar em mim. O poder de Aviar é tão grande que muitas vezes as pessoas levam uma eternidade para se livrar dele.

— Ele quase conseguiu me aprisionar pra sempre, Kyron, ainda bem que Taurus me ajudou.

— Ainda bem mesmo, Petra. Fiquei tão preocupado! Meu coração doeu só de pensar que você pudesse acreditar que eu a estava enganando. Quando você perdeu a confiança em mim, quase quebrou um elo encantado que vem sendo trabalhado há muito tempo.

— Como assim, Kyron? Muito tempo?

— Um dia você vai entender, minha menina.

— Ai... Lá vem você com essa história outra vez. — disse Petra, sorrindo.

— Você ainda não se acostumou, não é? — respondeu, também sorrindo, e continuou: — Mas agora ainda precisa sair desta floresta e chegar à Montanha Mágica. Não sem antes descansar, você está fraca e exausta. Coma este lanche que trouxe pra você e vá dormir. Ficarei velando seu sono para que nada de mau lhe aconteça. Ao acordar, se eu não estiver por aqui é porque precisei ir à morada de Tury e Rayka. O mestre deles me aguarda. Mas agora durma em paz e não tema nada.

— Pode deixar, Kyron, não vou temer nada, agora eu acredito e confio em você, até de olhos fechados. — e Petra sorriu ao falar essa frase; mas em seguida perguntou: — E Angelina, Kyron? Ela não apareceu mais, não a vejo desde a barriga de Nodonaba. O que aconteceu com ela?

— Ela está bem, vocês se encontrarão em breve. Pode ter certeza.

— Eu tenho, Kyron. E estou com saudades dela, mas estou tão cansada, com tanto sono que nem sei se...

Petra estava tão cansada, tão esgotada, que mal teve tempo de terminar o lanche, porque enquanto ela falava seu corpo foi relaxando, sua voz foi ficando longe, foi sumindo, e ela nem conseguiu chegar ao fim da frase, adormeceu completamente debaixo de uma árvore frondosa.

Bem nessa hora, como se adivinhasse a necessidade, Letúnia apareceu. Kyron precisaria se ausentar, e a bondosa amiga do bem garantiu que ele poderia ir em paz e tranquilo, que nada de mau aconteceria a Petra naquela noite.

Letúnia então cobriu Petra com um manto de luz branca que deixou a menina invisível a todo e qualquer perigo.

E assim, coberta por aquele manto de luz, Petra dormiu segura e protegida.

A Montanha Mágica

QUANDO ACORDOU, PETRA SE SENTIU COMPLETAMENTE renovada. Letúnia então retirou seu manto de luz branca e partiu sem que Petra a visse.

Daquele momento em diante, Petra precisava estar sozinha para descobrir que a Montanha Mágica já estava bem diante dela, mas para enxergá-la seria preciso ver com os olhos do coração.

Petra estava começando sua caminhada quando ouviu alguém falar por detrás de seus ombros:

— Bom dia, Petra!

Petra virou-se espantada:

— Etrom?! O que a senhora ainda está fazendo por aqui? Eu enfrentei todos os espelhos...

— Eu sei. É por isso que estou aqui. Bem, na verdade estou sempre em todos os lugares. Acompanho as pessoas todos os dias e todas as horas de suas vidas. Mas estou aqui, sobretudo, para lhe dar parabéns.

— Parabéns!!!??? Mas nem é meu aniversário!

— Não é por isso que estou lhe dando parabéns, mas por você ter me enfrentado.

— Mas onde eu enfrentei a senhora? Nós nem brigamos...

— Você me enfrentou nos espelhos e ganhou o direito de continuar sua jornada.

— Como assim?

— Você enfrentou a você mesma. Enfrentou o além da vida e sobreviveu a tudo, não se entregou a mim, ficou forte assistindo a tudo e ainda teve coragem de olhar o que havia no último espelho. E por isso eu envolvo o seu passado e lhe dou uma nova chance a partir de agora. Aproveite-a! Caso contrário você viverá eternamente no reino de Etrom, mesmo estando em Nanatuthi. E nunca se esqueça do que você leu no último espelho.

— Pode deixar, vou me lembrar sempre.

— Agora feche seus olhos e não os abra por nada. Não até que sinta que é a hora.

— Mas como eu vou saber que é a hora?...

Etrom nem se deu ao trabalho de responder. Segurou Petra pelos ombros, girando-a diversas vezes. Quando Etrom soltou Petra, ela sabia que já estava sozinha. Com medo de abrir os olhos e acontecer alguma coisa, ficou quietinha. Sentou-se e tentou não pensar em nada. O curioso é que conseguiu. No início foi um pouco complicado, as lembranças de tudo que havia acontecido até aquele momento iam e vinham, mas Petra foi pensando naquela luz que a acordou do delírio e foi se deixando envolver, se serenando, chegou a sentir sua mãe a seu lado falando: *Não tenha medo de gostar dos outros, minha filha, o amor é o maior aprendizado do universo.*

Petra foi se deixando envolver pela luz, pela voz da mãe e por uma música linda que começou a tocar ao longe. Parecia que aquela música chegava até ela vindo das esferas mais elevadas do planeta. E assim ficou por muito tempo. Em silêncio absoluto. Até que sentiu algo se mexer na base de sua coluna. Algo que começou devagarzinho, mas foi se intensificando. Letúnia, lá do alto, sorriu ao perceber o que estava por acontecer.

Petra havia despertado a sua serpente de fogo, uma serpente que não queima ninguém, mas que é muito poderosa quando acordada. Letúnia tratou logo de ficar emitindo energias positivas para que tudo desse certo, pois quando uma pessoa acorda a sua serpente de fogo é chegada a hora da revelação.

E a serpente foi se remexendo, se remexendo e querendo sair de dentro da coluna de Petra. Até que saiu e envolveu Petra, que por incrível que pareça não ficou com medo. O mais surpreendente foi perceber que estava conseguindo enxergar tudo, mesmo estando com os olhos fechados. A serpente então soltou Petra e falou:

— Vamos, Petra? O caminho é longo até a Constelação de Órion.

— Como assim? Onde estou? Quem é você?

— Sou sua serpente de fogo, e você me acordou, agora estamos juntas e vou levá-la ao topo da Montanha Mágica.

— Essa montanha aqui é a Montanha Mágica?

— É, Petra.

— Uau!!!! Eu estou na Montanha Mágica?!

— Sempre esteve.

— Ih... não vou nem tentar entender como sempre estive. Hum... mas pelo visto a gente vai demorar muito pra chegar no topo da montanha, afinal, você é uma serpente e certamente precisa ir rastejando.

— Petra, eu não sou uma serpente qualquer, sou sua serpente de fogo, monte em mim que nós iremos voando.

— Voando? Uau!!!!!! Que incrível!!! Sempre quis voar!

Petra não pensou duas vezes, subiu em sua serpente de fogo e as duas começaram a voar. A sensação era tão maravilhosa, tão divina, que Petra não sabia nem definir o que estava sentindo.

— Uauuu!!! Essa é a melhor sensação do mundo.

— Eu sei, Petra, eu sei...

Voaram assim durante alguns instantes, até que de repente um pensamento surgiu na cabeça de Petra: e se aquilo fosse apenas um sonho e nada estivesse acontecendo? E se ela acordasse, abrisse os olhos e visse que ainda estava lá, diante de Etrom? E se Etrom a estive enganando? Foi só pensar isso que ela escorregou de sua serpente e começou a cair no vazio.

— Socorro!! Eu acredito, eu acredito!!! Eu confio em você, eu sei que você é real, minha serpente, mas não me deixe morrer, me salve...

Num instante Petra foi resgatada.

— Estou aqui! Mas não duvide mais de mim nem do poder do pensamento, caso contrário não sei se conseguirei protegê-la outra vez.

— Nunca mais, nunca mais vou duvidar.

— Tomara, Petra, tomara...

E assim, montada em sua serpente de fogo, nascida de sua própria coluna, Petra atravessou a Montanha Mágica sem grandes perigos. Ela ainda chegou a titubear com seus pensamentos, mas conseguiu vigiá-los de tal forma que não teve mais nenhuma queda como a primeira. Chegou a escorregar, mas ela própria conseguiu se segurar e se manteve firme em sua serpente de fogo.

Quando foram se aproximando do topo da Montanha Mágica, Petra estava encantada. Nunca em toda a sua vida tinha visto um céu tão lindo. Parecia um espetáculo da natureza. O céu azul-cobalto, um cinturão alaranjado ao redor do horizonte, uma luz lindíssima vinda do alto e incidindo sobre um ponto específico na linha do horizonte. Ao olhar para baixo, deitada em sua serpente, Petra viu diversas cidadezinhas iluminadas, mas ao mesmo tempo envolvidas pela escuridão da noite que se aproximava. Era lindo ver aquelas cidades como pontos de luz na escuridão. Mas quando reconheceu Nanatuthi chorou de emoção. A serpente, entendendo a força daquele choro, propôs:

— Abra os olhos, Petra, até agora você está de olhos fechados enxergando tudo, mas veja com seus próprios olhos que tudo é real.

— Mas eu já posso abrir meus olhos? Etrom disse que eu não podia até saber a hora certa. Como posso saber se agora é a hora certa?

— Sentindo.

— Tem certeza? Porque sinto que posso abrir.

— Tenho certeza, Petra!! Pode abrir, você vai ter uma surpresa.

— Nossa!!! É igualzinho...!!!

— Claro, Petra, você está aprendendo a ver com os olhos do coração. Mesmo com os olhos fechados você conseguiu ver o que antes só via de olhos abertos.

— Uau!!! É incrível!!! Que sensação maravilhosa!!! E é tão lindo o que estou vendo!!! Não sei nem o que dizer.

— Então não diga nada, fique quieta e aproveite a viagem em silêncio, falta pouco para chegarmos à Constelação de Órion.

E foi assim, em absoluto silêncio, que Petra e sua serpente de fogo terminaram a travessia pela Montanha Mágica e chegaram à Constelação de Órion, exatamente no ponto em que Petra tinha visto a luz incidir.

Petra era só alegria e sorria com os olhos, com o coração e com a alma.

A Constelação de Órion

O CHEGAREM, TURY E RAYKA VIERAM AO ENCONTRO de Petra e fizeram uma festa enorme ao vê-la chegar montada em sua serpente de fogo.

— Nós tínhamos certeza que você conseguiria chegar até aqui, Petra.

— Tury!! Rayka!! Que alegria encontrar vocês aqui!

— Aqui é a nossa morada, Petra, junto de Órion, o grande caçador.

— E onde ele está?

— Você poderá encontrá-lo em breve, mas antes precisa passar por mais uma prova.

— Mais uma prova? Mas por quê? Já não chega tudo que passei?

— Infelizmente, não, Petra. Mas agora será mais simples.

— Ufa! Que bom, porque estou tão cansada, não vejo a hora de terminar e voltar pra casa. Sinto falta do meu pai, da Floresta do Sol, de minha amiga Sara, da escola, de Nanatuthi.

— Em breve estará de volta, Petra, agora só depende de você.

— E o que eu preciso fazer desta vez?

— Dar sete voltas ao redor do horizonte.

— Sete voltas ao redor do horizonte!!! E você chama isso de simples???!!!!

— Sim, você vai ver que é muito mais simples do que parece.

— Simples coisa nenhuma, até porque é impossível dar uma volta ao redor do horizonte, imagine sete!!!!

— Nada aqui é impossível, Petra. Mas antes de começar você precisa renovar suas forças. Você vai se lavar, se alimentar bem e se vestir adequadamente para esta etapa, que não poderá ser feita com sua serpente de fogo, você precisará ir sozinha.

Petra chegou a desanimar, mas depois pensou: já tinha chegado até ali, o melhor seria terminar tudo de uma vez. Não tinha outra opção mesmo. Então, seguiu Tury e Rayka, que a levaram para um local onde pôde tomar um bom banho, se alimentar e descansar um pouco.

Quando levantou havia uma roupa a seu lado. Rayka apareceu e ajudou Petra a vestir uma túnica azul-clarinha, onde amarrou uma corda cor de laranja, como se fosse um cinto. Depois calçou umas sandálias de tiras de couro, e seguiram para o local onde Tury já a aguardava com um arco e flecha para entregá-la.

— Pra que isso, Tury? Eu não sou caçadora.

— Mas terá de aprender a ser.

— Ai!!! Era só o que me faltava... caçar... você ficou louco, Tury? Você sabe que eu amo os animais. Não mato nem uma formiga.

— Nós sabemos disso, mas às vezes é preciso acertar alguns alvos pra que nossa jornada siga seu destino.

— Isso mesmo, Petra, mas agora vá — disse Rayka.

— Mas onde está Kyron? Por que ele não está aqui como vocês?

— Está por perto, fique tranquila. E em breve você vai encontrá-lo. Mas agora vá! E não tema nada. Faça o que tiver que ser feito — completou Rayka.

Petra pegou seu arco e flecha, se despediu dos amigos querendo perguntar como faria para dar sete voltas andando ao redor do horizonte, mas nem ousou. Começou a andar e ao se afastar dos amigos foi sentindo a atmosfera se transformar. Começava assim a sua primeira volta ao redor do horizonte. Mas mal sabia ela que estava adentrando no reino de Oadrep, um reino muito poderoso, com forças de alcance inimaginável.

Ainda sem saber o que encontraria em seu caminho, Petra tentava não se sintonizar com seu velho e conhecido medo. Tentava apenas pensar em coisas boas, na sensação maravilhosa que tinha sido voar em sua serpente de fogo. Mas, de repente, Petra se viu frente a frente com o mesmo lobo que havia tirado o sopro de vida do menino que ela tinha visto em todas as florestas até aquele momento. Era um lobo muito feroz, que começou a rosnar para ela. Parecia faminto. As opções eram poucas, ou Petra matava o lobo, ou o lobo a matava. Não teve dúvidas. Num instinto de sobrevivência, Petra pegou uma flecha e mirou no lobo. Quando soltou o braço e viu o lobo cair, Petra surpreendeu-se com sua pontaria, frieza e segurança. Ela então enterrou o lobo e continuou o seu caminho.

Mas qual não foi sua surpresa quando se viu passando por Tury e Rayka, iniciando assim a sua segunda volta.

Petra não sabia o que a aguardava desta vez. Andou, andou, andou, sem nada encontrar. O horizonte parecia um deserto. Petra já estava quase desistindo e gritando por ajuda, quando viu a menininha do estábulo, que olhou profundamente para ela. As duas tinham um arco e flecha nas mãos. Petra ficou imóvel, não conseguiu se mexer. Apenas pensar: o que aquela menininha estaria fazendo ali com um arco e flecha nas mãos apontando para ela? Mas não teve tempo de agir, pois a menininha foi mais rápida. Mirou em Petra e acertou-a de uma só vez. Acertou no centro de seu coração e desapareceu. Petra caiu no chão. De dentro de seu coração saiu uma luz muito escura, que foi rapidamente envolvida pela luz alaranjada da linha do horizonte. E, por incrível que possa parecer, Petra não morreu. Logo em seguida, ela acordou do susto, sentou-se e, depois de alguns instantes tentando entender o significado de tudo aquilo, levantou-se e começou a andar. Andou um pouco, mas logo na curva do caminho passou novamente por seus amigos. Sabia que aquela volta tinha chegado ao fim.

Na terceira volta Petra encontrou um cavaleiro ao lado de seu cavalo. Ele estava chorando muito. Mas ao avistar Petra fez um pedido: que ela acertasse seu coração com uma de suas flechas, pois o remorso o estava matando. Ele estava profundamente arrependido de tudo que tinha feito de errado em sua vida. Mas Petra disse que não iria matá-lo. Isso, nunca! Mas o cavaleiro insistiu. Explicou que já não vivia nem no mesmo tempo nem espaço que ela, que ela ficasse tranquila porque não o estaria matando. E assim, após inúmeras súplicas daquele cavaleiro andante, Petra concordou em acertar uma flecha em seu coração, mas, em vez disso, a menina correu até ele e lhe deu um abraço muito apertado enquanto dizia:

— Não sei o que você fez, mas não tem dor que não se cure com o amor.

E o amor do abraço de Petra tocou o coração do cavaleiro de tal forma, que bem nesse instante o cavaleiro virou uma luz muito forte e subiu ao céu. Petra não entendia o que estava acontecendo, mas já tinha percebido que não valia a pena ficar se perguntando tanto e querendo respostas quando ainda não podia tê-las.

Terminou a terceira volta e iniciou a seguinte. Não sem antes acenar para Tury e Rayka.

A quarta volta foi um pouco mais complicada. Depois de muito andar, Petra encontrou uma menininha chorando de fome e frio. Petra sentiu tanta pena daquela criança, que parecia tão fraquinha! Prometeu ajudá-la a sair dali, mas a menina não conseguia andar, a fraqueza era realmente grande. Petra precisou carregá-la no colo. E já estava andando com a menininha no colo quando uma tempestade repentina as alcançou. As águas foram tomando conta de tudo e as duas quase se afogaram. Petra estava intrigada com a magia do horizonte, coisas incríveis podiam acontecer.

O vento e a tempestade quase arrastaram as duas, mas Petra conseguiu aguentar firme a menininha em seu colo, não a largou nem um só milésimo de segundo. E, do mesmo modo que chegou do nada, a tempestade voltou para o nada. O dia clareou, e Petra não sabia o que fazer com a criança, para onde deveria levá-la...

Não tinha coragem de abandoná-la ali, sozinha, e resolveu carregá-la até que encontrasse alguém. A menina grudou em Petra, como se ela fosse sua mãe. As duas caminharam por muito tempo, Petra estava exausta, mas não largava a garotinha, que apenas sorria para ela. De repente se depararam com uma moça muito simples.

— Por favor, será que a senhora poderia cuidar desta menininha? Não posso levá-la comigo, porque pra onde vou pode ser muito perigoso. Ela está com fome e frio. Aqueci-a e dei o que eu tinha de comida pra ela, mas não foi o suficiente, e pra piorar enfrentamos uma tempestade repentina. Graças a Deus eu consegui mantê-la viva, mas ela ainda está com fome e fraquinha demais.

— Fique tranquila, Petra, eu cuido dela. Vivo aqui e em minha casa há espaço para quem precisa. Siga seu caminho em paz.

— Nossa! Nem sei como agradecer, mas muito obrigada!

Petra estava tão cansada que nem se deu conta de que a moça sabia seu nome. Deu um beijo na menininha e entregou-a para a moça. Mas já estava quase dobrando a curva do tempo quando se virou para trás e perguntou:

— Não sei seu nome. Diga-me para que eu possa contar esta história aos meus amigos.

— Todos me chamam de Oadrep. — E ao dizer, desapareceu na linha do horizonte, levando a menina em seus braços.

E, assim, Petra soube que tinha estado diante da rainha daquele reino. Ficou intrigada, uma rainha tão simples, tão humilde... como era possível?

Mas não podia ficar ali parada. Continuou andando e terminou a quarta volta pensando em Oadrep e sua simplicidade. Iniciou a volta seguinte cansada, mas ao mesmo tempo se sentindo mais leve.

Petra estava saltitando e cantarolando, olhando para um lado e para o outro, até que encontrou a velhinha da beira do mar e a menina pobre e feliz que viveu a vida toda naquela casa simples. Petra sentiu uma vontade imensa de ficar ali, apenas conversando com cada uma delas. E foi isso mesmo o que fez. Parou e puxou conversa. Descobriu que a velhinha era uma artista, uma escultora. A menina, agora uma moça, era uma jardineira. Com cada uma Petra aprendeu alguma coisa sobre o tempo, sobre os ciclos da vida e sobre o amor. As duas eram tão simples, tão singelas, mas tão sábias!...

A velhinha explicou a Petra que pedra também é ternura, que pode ser moldada, transformada, onde uma nova vida nasce a cada toque das mãos do artista. A moça ensinou a Petra que tudo na vida nasce, vive e morre para que possa renascer novamente. Que a morte não era o fim, mas sim o recomeço. Petra passou muito tempo com elas, aprendendo tudo que falavam sobre a vida e o amor. Até que, um dia, a bondosa velhinha disse:

— Está na hora de você partir, Petra. Já ficou aqui conosco por muitos anos. Agora é hora de continuar o seu caminho,

— Anos? Como pode isso? Eu nem me dei conta de que passou tanto tempo!...

— É que aqui o tempo não existe como você o conhece, Petra.

— Mas como se passaram anos se eu não envelheci?

— Exatamente porque aqui a noção de tempo é outra, mas agora vá, ainda faltam duas voltas. Adeus! Seja feliz, minha menina, seja feliz... — disse a senhora.

— Isso, Petra, seja feliz. E acredite em você mesma — acrescentou a moça.

— Tchau, e obrigada a vocês duas, por tudo!

E já estava quase indo embora quando resolveu perguntar uma coisa sobre a qual nem tivera curiosidade até aquele momento:

— Posso saber quem são vocês?

— Claro que pode! — disse a moça. — Nós somos parte do seu além da vida, de uma maneira ou de outra, nossos laços de vida estão ligados, mas não tente entender nada por enquanto, apenas continue, agora falta pouco!

E Petra seguiu seu caminho. Passou por seus amigos, quis parar, mas eles não deixaram, não era permitido.

— Não pare, Petra, se você parar pode quebrar um ciclo que se iniciou com a primeira volta e você terá que começar tudo novamente. Continue, Petra!! E boa sorte!!

— Obrigada, Rayka!!! Torça por mim!!

Na sexta volta, Petra adoeceu. Passou dias e dias delirando e vagando, sentindo uma dor forte no peito. Sua túnica azul ficou encharcada de suor. Ela mal conseguia andar, estava febril, perdendo os sentidos. Até que desmaiou e caiu deitada bem na linha do horizonte. Foi quando começou a sonhar, ou pelo menos era o que imaginava. Ela se viu em uma sala que parecia um hospital. Estava deitada em uma cama no meio do quarto, e uma luz branca vinha do céu, cobrindo-a por completo. Ficou naquele sonho por muito tempo.

Até que, de repente, Petra abriu os olhos e sentou. A febre tinha cedido um pouco, mas ela estava faminta e muito fraca. Não conseguiria seguir sua jornada se não se alimentasse, mas sua comida tinha acabado. Foi quando lembrou que ainda estava de posse de seu arco e flecha. Só de pensar na possibilidade de matar um animal, ela entrou em desespero, mas, depois de passar dias com aquela febre e sem comer absolutamente nada, não teve opção a não ser pensar em caçar, pois ninguém tinha aparecido para ajudá-la.

Bem nesse instante passou um coelho. Petra não pensou duas vezes, pegou seu arco e flecha, mirou no coelho e a flecha saiu certeira. Ela correu até o pequeno animal, se ajoelhou, pediu perdão por ter tirado sua vida e agradeceu-lhe estar salvando a vida dela. Depois, acendeu uma fogueira, assou o coelho e devorou-o. Ao final estava restabelecida e pôde seguir seu caminho. Para sua surpresa, estava bem pertinho do fim daquela volta. Faltava apenas mais uma.

Petra começou a sétima volta animadíssima. Suas forças estavam renovadas, e ela se sentia diferente. Parou por uns instantes e olhou bem para a linha do horizonte. Contemplou cada pedacinho do céu, da terra, do mar. Da vida. E começou a caminhada com uma leveza nunca antes sentida. Já na primeira curva do caminho encontrou algumas pessoas.

Nem se perguntou o que elas estariam fazendo ali, afinal não as tinha visto nas voltas anteriores. Mas nem perdeu tempo querendo saber, foi logo parando e puxando uma conversa gostosa:

— Que dia lindo está fazendo hoje! Esse cachorro é seu? E aquele gatinho? Sabe, eu sou louca por animais, faço tudo por eles. Ainda pouco fiquei triste porque tive que caçar um coelho, mas se...

E por aí foi, contando tudo sobre a morte do coelho, sobre os animais de Nanatuthi e Tury e Rayka. Ora alguém lhe respondia alguma coisa, ora lhe perguntava outra. E Petra foi ficando por ali, conversando e brincando com as crianças que chegavam. De repente, do nada, começou a chover e as crianças convidaram Petra para tomar banho de chuva. Foi uma farra completa. Uma brincadeira tão gostosa!... Até os cães e os gatos (imagine, até os gatos!!!) entraram na bagunça das crianças e tomaram banho de chuva.

Depois, quando a chuva parou e um lindo arco-íris apareceu no céu, uma senhora trouxe uns bolinhos de chuva deliciosos. Todos lancharam enquanto Petra contava para uma jovem o quanto ela sentia falta de sua mãe e até saudades de seu pai, sempre tão rabugento e fechado. A menininha então disse a Petra que o pai devia sofrer muito por ser tão amargurado. Petra concordou e se lembrou que precisava terminar a sétima e última volta. Estava muito contente de ter passado aqueles momentos tão agradáveis e leves com aquela turma animada, mas precisava partir.

Petra se despediu de todos e partiu saltitando e cantarolando. De repente, deparou com um gigante caçador. Não sentiu medo porque teve certeza de que era Órion.

— Vejo que a senhorita está chegando ao fim de sua jornada. Muito bem, você foi muito corajosa! Não foi sem motivo que meus cães, Tury e Rayka, se encantaram por você.

— E eu com eles, adoro os animais!!

— Eu sei! Imagino o quanto sofreu por ter de matar um coelho.

— O senhor viu?

— Vi, sim. E vi que você aprendeu uma lição.

— Qual?

— Pergunte ao seu coração, ele já sabe a resposta.

— Meu coração é de pedra, senhor Órion, ele não sabe muita coisa.

— Tem certeza? Você sabe até quem eu sou, sabe meu nome. Eu não duvidaria tanto de seu coração generoso.

— Mas por que eu precisei viver isso tudo, senhor Órion?

— Para viver em paz, Petra.

— Não entendi... Como assim?

— O medo que a acompanha desde seu nascimento é muito maior do que você pode imaginar. Na verdade, ele a acompanha há muito tempo, desde o tempo em que o tempo não existia. Mas não me refiro a esse tempo que você conhece em Nanatuthi e sim a outro, muito maior e mais poderoso.

— Isso tem a ver com o tempo do além da vida? — arriscou Petra.

Órion balançou a cabeça afirmativamente e falou:

— É chegado o tempo das mudanças, Petra, das suas mudanças. Vamos! Vou levá-la até a entrada do Portal Encantado, que fica exatamente naquele ponto de luz que você viu quando chegou à minha morada montada em sua serpente de fogo.

— Nossa!! Eu consegui?

— Conseguiu! Falta pouco para seu coração voltar ao normal por completo.

— Como assim? Meu coração não é mais de pedra?

— Pense, Petra, pense em tudo que você viveu até o presente momento, pois precisará juntar todos os acontecimentos. Mas agora vamos.

— Me diga, senhor Órion, por favor. Meu coração não é mais de pedra? — insistiu Petra.

— Não posso dar esta resposta, Petra, mas você pode.

E os dois seguiram juntos até a entrada do portal, onde vários amigos estavam aguardando por Petra: Kyron, Yogus, Letúnia, Taurus, Akynauê, Tury e Rayka. Petra se deixou levar pela emoção e abraçou e beijou cada um com muita alegria.

De cada um recebeu um abraço amigo e um raio de luz. Todos os raios foram entrando no coração de Petra. Até que, por fim, Oadrep, senhora do reino que leva seu nome, apareceu e lhe entregou uma tulipa branca.

— Leve-a com você, Petra, você conquistou essa flor com todo o seu esforço e coragem. Agora vá, ainda falta uma coisinha para sua travessia chegar ao fim e você poder voltar para casa. Daqui em diante terá que ir sozinha, mas logo estaremos com você novamente.

— Mais uma? Mas as voltas ao redor do horizonte não eram a última prova? Preciso mesmo fazer mais alguma coisa? Não dá pra parar por aqui, não?

— Não, Petra, você precisa atravessar o portal e completar sua travessia. Na verdade, agora você precisará apenas decifrar um enigma. Siga por ali — e Oadrep apontou o caminho — e veja o que a aguarda.

Petra foi caminhando até a entrada do Portal Encantado e pensando. Enfim era tudo verdade: a travessia, o Portal Encantado, a grande jornada que tinha feito até aquele momento. Quando chegou, levou um susto. Ela estava na porta. Uma Petra igualzinha a ela estava lá, esperando-a, como a guardiã do Portal Encantado. Como seria possível? Ela não entendeu nada e nem tentou, apenas se entregou àquela que seria sua última prova.

— Então você conseguiu? — perguntou a sua imagem.

— É. Parece que sim. — respondeu Petra.

— Me enfrentou muito bem durante toda a sua jornada.

— Mas eu sou você!

— Exatamente.

— Então você está querendo me dizer que eu enfrentei a mim mesma?

— Parece que sim. — E as duas sorriram.

— Se eu enfrentei a mim mesma, enfrentei meus medos?

— Sim, você enfrentou o mais temido de todos os reinos, o reino de Odem. Todas as crianças temem esse reino, e muitos adultos também. Você venceu essa etapa, Petra, agora precisa voltar e enfrentar a vida novamente.

— Mas como?

— Fazendo o que precisa ser feito. Você não perdeu seus medos? Então? Agora precisa aprender a...

— A fazer diferente? É isso?

— Isso!!! Você precisa aprender a agir diferente, colocando em prática tudo que você sabe que precisa mudar e nunca teve coragem.

— Mas... e se eu falhar?

— Vai perder mais uma oportunidade. Vai atrasar sua caminhada, vai demorar muito tempo e precisar passar por novas experiências até conseguir, só isso.

— Hum... acho que entendi.

— Entendeu, sim. Mas agora falta apenas decifrar um enigma.

— Ai, já estava quase esquecendo desse enigma... Tomara que não seja muito complicado.

— Para atravessar o Portal Encantado você precisa decifrar o que está escrito em seu braço. Lembra que Akynauê escreveu com uma caneta invisível e que você já conseguiu ler algumas palavras? Então? O que está escrito?

— Mas eu não sei...

— Sabe, sim. Eu sei. E, se eu sei, você sabe.

— Então me diga... por favor...

— Não posso. Você precisa ler sozinha.

— Mas eu não consigo...

— Não diga isso. Consegue, sim. Vamos, tente. Mas você tem apenas uma chance. Se falhar, poderá voltar a Nanatuthi, mas não poderá atravessar o Portal Encantado e descobrir o que existe do outro lado.

Petra pensou, pensou, e decidiu sentar, como fez no dia em que tinha conseguido despertar sua serpente de fogo. Ficou imóvel, em silêncio absoluto, tentando entender o que Akynauê teria escrito em seu braço. Depois de muito pensar em silêncio, apenas passando a mão pelo braço e sentindo as palavras invisíveis, Petra ouviu uma voz que brotou do mais profundo do seu coração.

— Já sei!! Descobri o que Akynauê escreveu.

— Então diga.

— *As dúvidas existem para que possamos rezar para Deus e nos elevar aos céus. É chegado o tempo do perdão e da certeza no além da vida. O medo, o abandono e a perda fazem parte desse processo. É preciso morrer para renascer.*

Foi só Petra decifrar o enigma que sua serpente de fogo passou por ela como um foguete, levando-a para o outro lado do Portal Encantado, onde todos a aguardavam. Todos mesmo: Kyron, Yogus, Letúnia, Taurus, Akynauê, Tury, Rayka, Angelina, dona Agostina, sua mãe, e todos os rostos conhecidos que haviam estado presentes em seus sonhos, delírios e vivências ao longo da travessia. Todos estavam alegres, vibrando com a conquista de Petra. Todos exalavam uma luz muito linda, totalmente multicolor, como Petra nunca havia visto antes.

Petra não sabia bem o que fazer. Ficou estática por alguns minutos, meio que em estado de choque, mas, quando reconheceu sua mãe entre todos aqueles rostos, correu para abraçá-la.

— Mamãe!! Que lugar é este? Eu morri?

— Não, minha querida, você não morreu, você chegou aos domínios do sem-fim, do além da vida, onde o tempo renasce a cada manhã. Mas você não pode ficar aqui, sua jornada ainda não chegou ao fim, apenas esta etapa chegou ao fim. Você precisará voltar a Nanatuthi e terminar o que começou com esta travessia.

— Mas agora que encontrei você não quero mais voltar para Nanatuthi...

— É preciso, minha filha, seu pai precisa do seu amor.

— Mas ele não sabe amar, mamãe, só você sabe, por que você precisou partir quando eu era tão pequena?

— Porque estava no planejamento.

E, antes que Petra pudesse fazer qualquer pergunta sobre o que era o planejamento, Kyron se pronunciou.

— Parabéns, Petra, você conseguiu chegar ao fim desta travessia.

— Desta? Por que, Kyron, tem outra? — perguntou, assustada.

— Sempre temos travessias em nossas vidas, minha querida, e quando necessário elas nos chamam. Precisamos estar atentos, porque o tempo sempre renasce e nascemos para realizar o melhor. Mas vejo que você não perdeu sua mania de perguntar.

E todos riram, inclusive Petra.

— Mas no meu braço está escrito que as dúvidas existem para que possamos rezar para Deus e nos elevar aos céus. Então? Foi isso que minhas perguntas fizeram? Me trouxeram até o céu?

— Você já sabe a resposta, para que perguntar? — disse Akynauê.

— Pra não perder o costume. — E Petra riu ao dizer isso.

— Petra, agora é hora de você receber um presente de cada um de nós e partir. Aqui ainda não é seu reino. Seu lugar, por enquanto, ainda é em Nanatuthi, ao lado de seu pai e de todos que lá a aguardam.

— É preciso mesmo voltar, mamãe? Não posso ficar com você?

— Ainda não. Ainda não é chegada a hora. É tempo de ajudar seu pai a fazer a travessia dele.

— Mas como?

— Retirando a sombra da tristeza de seu olhar. Esquecendo tudo que nos traz tristeza ou aborrecimentos.

— Ih... isso vai ser difícil, ele é tão cabeça-dura, parece até que tem um coração de pedra, sem sentimentos.

— Ele não é sem sentimentos, só se esqueceu de que é capaz de fazer a mudança, esquecendo o mal e fazendo o bem. Mas um dia ele vai conseguir, nem que leve todo o tempo do universo. Por isso, sua presença ao lado dele será importante.

— Eu vou poder vir visitá-la, mamãe?

— Não, minha querida, mas estarei sempre ao seu lado, pode acreditar. Basta pensar em mim que estarei com você.

— Mas não é a mesma coisa!

— O que são apenas alguns anos diante da eternidade, minha filha?

E Petra ficou em silêncio. E antes de partir fez uma última pergunta:

— Kyron, me explica uma coisa, quem são todas essas pessoas? Por que eu conheci suas histórias ao longo da travessia? E por que Angelina e dona Agostina estão aqui nos domínios do sem-fim?

— Estava esperando por esta pergunta, minha menina. Angelina e todos esses cujas histórias você ficou conhecendo fazem parte do seu além da vida. Quando enfrentou os domínios de Nodonaba, Aviar, Odem,

Etrom, você as elevou aos domínios de Oadrep. Libertou todas essas pessoas e a si mesma, e agora todos estão prontos para iniciar uma nova etapa de suas jornadas, livres para voar. Aliás, falando em voar, sua serpente de fogo está à sua espera. Você vai voando para casa. Chegou a hora das despedidas.

— Mas eu nunca mais irei encontrar vocês novamente?

— Nunca mais não existe, Petra. Nós estamos juntos há muito tempo, e por muito tempo ainda estaremos, pois estamos ligados pelo fio mágico do além da vida.

E o que veio a seguir foi uma linda cena de abraços, agradecimentos, choros de despedida misturados à alegria do reencontro. Dona Agostina sussurrou no ouvido de Petra: *Este vai ficar sendo nosso segredo, eu posso estar em Nanatuthi e aqui ao mesmo tempo, mas não conte isso a ninguém, combinado?*

Àquela altura dos acontecimentos, Petra não estava mais questionando coisas que ainda não conseguia entender, apenas sorriu e piscou para dona Agostina.

O abraço que ela e Angelina deram foi tão intenso que explodiu em luz rosa-amarelada, resultando em um belíssimo espetáculo naquele fim de tarde que para sempre ficará gravado na memória de Petra.

O abraço em sua mãe foi o mais forte e intenso, difícil até de explicar.

Kyron, Tury e Rayka sorriam, afinal a protegida deles havia conseguido, e, cada vez que alguém conseguia fazer a travessia, as vibrações eram as melhores possíveis. Todos os amigos da luz vibraram pela conquista de Petra.

E, na despedida final, cada uma deu a Petra um novo feixe de luz. E cada feixe foi entrando em diferentes partes do corpo de Petra, que se iluminou de forma intensa e serena. Quando tudo terminou, sua serpente de fogo chegou.

— Está pronta?

— Estou!

— Então vamos. É chegada a hora.

Petra olhou para trás, deu um sorriso e partiu. A noite já começava a cair. O céu azul-cobalto, a barra alaranjada do horizonte, as primeiras estrelas surgindo ao longe, nos domínios do sem-fim. Petra identificou a Constelação de Órion, que sem saber sempre foi a sua preferida quando olhava à noite para o céu. E assim, protegida pela escuridão da noite, Petra retornou a Nanatuthi, sem ser vista por ninguém.

Com isso, chegamos ao final da travessia, mas não ao fim da história. Ainda é preciso recomeçar em Nanatuthi, que fica nos domínios do aqui e agora, reino comandando por Edadiav, Olhugro e Mosioge. Mas essa é outra história, uma longa história que Petra precisará viver e enfrentar ao longo de sua vida.

De volta a Nanatuthi

DE VOLTA A NANATUTHI, PETRA ESTRANHOU TUDO. SEU quarto parecia pequeno, sua casa mais bonita, porém precisando de uma boa limpeza. Sua rua continuava a mesma. As mesmas casas, as mesmas pessoas, os mesmos animais, só que agora ela não era mais a mesma. Parecia que o tempo não havia passado um dia sequer desde sua saída.

Seu pai não perguntou nada diferente quando a encontrou para o café da manhã. Era como se ela nunca tivesse saído de Nanatuthi. Mas naquela manhã o sorriso de Petra estava renovado, sem sombra de tristeza no olhar. Deu um beijo e um abraço no pai, que estranhou aquela reação da filha.

Petra não fez perguntas, como de costume, apenas disse que iria sair para dar uma volta. Era sábado e as crianças brincavam na rua, os adultos cuidavam de suas casas e seus afazeres domésticos. Petra foi passando e exalando alegria:

— Bom dia, seu Cirino! Como vão suas vacas? Estão dando leite direitinho?

— E seu gatinho, dona Josefa, melhorou?

— Oi, seu Jeremias, será que o senhor me deixava dar uma volta no seu cavalo hoje à tarde? Ele é tão lindo, e o senhor sai tão pouco com ele!

— Oi, dona Cotinha, antes que a senhora pergunte alguma coisa, já conto que tá tudo bem, meu pai tá ótimo, e eu tô indo agora mesmo ver os filhotinhos da ninhada do cãozinho da Sara. Meu pai disse que ela esteve lá em casa ontem oferecendo um filhotinho.

— Oi, Jonas, mais tarde passo aqui pra te mostrar meu livro novo, você vai adorar, posso até te emprestar depois que eu terminar de ler.

Todo mundo achou curioso aquele comportamento de Petra. Cada um reagiu de uma forma completamente diferente. Porém o mais bonito foi que ela não fechou a cara, não fugiu e nem deixou de falar com as pessoas, reagiu diferente, com doçuras no olhar e açúcar nas palavras, como dona Agostina lhe ensinou um dia. As duas agora vivem conversando. Quando dona Agostina está em Nanatuthi, Petra volta e meia vai tomar o chá da tarde com ela. As duas não se cansam de falar. Não sei que tanta conversa elas conseguem ter.

Sara aos poucos foi se aproximando de Petra, primeiro por causa do filhotinho de cachorro, depois porque sentia muita falta da amiga.

Petra continua indo à Floresta do Sol quase todas as tardes. Os animais ainda esperam por ela. Uma tarde ela levou Jonas para que ele pudesse conhecer um filhote de passarinho que havia nascido naquela semana.

E um dia, quando voltava para casa e a noite já começava a se desenhar no horizonte, ela escutou bem baixinho: *O tempo renasce sempre. Esquece o mal e faze o bem, porque nunca sabes quando será o tempo.*

Petra ouviu e voltou para casa, sorrindo e em paz.

Foi assim que tudo aconteceu. No tempo do era uma vez.

Era uma vez quando não existia o tempo tal como o conhecemos aqui na Terra. Foi então que conheci Petra e Nanatuthi, uma menina e uma cidade. Um dia, olhei pela janela e lá estavam elas. Esperando apenas que eu contasse esta história.

Visite nossas páginas

http://www.galerarecord.com.br
http://facebook.com/GaleraRecord
http://twitter.com/GaleraRecord

Este livro foi impresso no
Sistema Digital Instant Duplex da divisão Gráfica da
DISTRIBUIDORA RECORD DE SERVIÇOS DE IMPRENSA S.A.
Rua Argentina, 171 - Rio de Janeiro/RJ - Tel.: (21) 2585-2000